T0178895

La intemporalidad perdida

La intemporalidad perdida

y otros relatos

Anaïs Nin

Traducción del inglés de
Raquel Marqués

Lumen

narrativa

Penguin
Random House
Grupo Editorial

Título original: *Waste of Timelessness and Other Early Stories*

Primera edición: noviembre de 2021

© 1977, Anaïs Nin
Publicado por acuerdo con Eulama Lit. Agency
© 2021, Penguin Random House Grupo Editorial, S. A. U.
Travessera de Gràcia, 47-49. 08021 Barcelona
© 2017, Allison Pease, por la introducción
© 1993, Gunther Stuhlmann, por el prólogo
© 2021, Raquel Marqués García, por la traducción

Printed in Spain – Impreso en España

ISBN: 978-84-264-1116-7
Depósito legal: B-15.125-2021

Compuesto en M. I. Maquetación, S. L.
Impreso en Rotoprint by Domingo, S. L.
Castellar del Vallès (Barcelona)

H 4 1 1 16 7

Prefacio

Anaïs Nin siempre quiso ser artista, una escritora que investigara y expresara sus sentimientos, que tan a menudo parecían separarla de lo que llamaba vida «normal». Al principio, en 1914, después de que su padre abandonara a la familia y ella se viese obligada a «exiliarse» en Estados Unidos, había confiado sus sentimientos, con una introspección sorprendente, a su «único» amigo: un diario que mantuvo fielmente toda su vida y que se considera su obra más importante y magistral. Pero, por muchas y complejas razones, el diario debía permanecer secreto; incluso en 1966, cuando empezó a publicar fragmentos extraídos de sus más de treinta y cinco mil páginas, hubo que suprimir gran cantidad de detalles íntimos. (Solo tras la muerte de su marido, en 1985, se pudieron quitar los últimos lacres de los secretos que se había autoimpuesto). Por ello, en cuanto persona que deseaba tanto ser reconocida como artista por el mundo exterior, Anaïs Nin tuvo que aprender a escribir más allá de los seguros límites de su diario, aunque este fuera, como sabemos ahora, la fuente fundamental y la inspiración de toda su ficción.

Los dieciséis relatos recogidos en este volumen representan algunos de los primeros esfuerzos de Anaïs Nin por escribir dirigiéndose a un público. Nacieron en lo que parece haber sido una explosión de energía creativa extraordinaria, entre mediados de 1929 y principios de 1930, cuando tenía veintiséis años y volvía a vivir en Francia con su esposo estadounidense, Hugh Guiler, el «poeta-banquero», con quien se había casado en 1923. «Tengo la ambición —anotó en su diario en octubre de 1929—, y sé que lo conseguiré, de escribir de forma clara acerca de cosas impenetrables, sin nombre y habitualmente indescriptibles; de dar forma a pensamientos evanescentes, sutiles y cambiantes; de dar fuerza a valores espirituales que suelen mencionarse de manera vaga y general, una luz que mucha gente sigue pero no puede comprender de verdad. Miraré dentro de ese mundo con ojos claros y palabras transparentes».

Anaïs Nin envió algunos de estos relatos a revistas y editores de Nueva York, pero, como era de esperar, en los años treinta, igual que en la actualidad, no había «mercado» en Estados Unidos para semejantes evocaciones de elementos «sutiles» y «habitualmente indescriptibles». De hecho, no le publicaron ninguno de estos relatos, que, junto con otros manuscritos al fin abandonados, terminaron unos veinte años después en la colección de una biblioteca universitaria estadounidense.

Poco antes de que Anaïs Nin muriera, en enero de 1977, un amigo le propuso publicarlos en una edición limitada privada. Al principio, ella se mostró reticente, pero al final aceptó, aunque insistió en redactar un prefacio con un tono ligeramente defensivo para el pequeño volumen publicado por Magic Circle Press, de Valerie Harms. Escribió:

Nunca tuve la intención de publicar estas historias, pues sabía que eran inmaduras. Pero me di cuenta de que para otros escritores sería valioso seguir el desarrollo de la obra al completo, observar todos los pasos del proceso de maduración. [...] En ellas aparecen dos elementos que apuntalarán mis trabajos posteriores: la ironía y los primeros indicios de feminismo. Me convencí de que estos relatos se dirigirían a quienes comprendieran y amaran mi trabajo y se interesaran por su evolución. Este es un libro solo para amigos.

Estas historias tempranas e «inmaduras» desde luego anuncian muchos de los temas que afloraron en las obras posteriores de Anaïs Nin y reflejan numerosas experiencias personales y preocupaciones que expresó en los diarios. De hecho, uno se siente tentado de aplicar a estos relatos primerizos la confesión que hizo Anaïs Nin en la página que abría su primera historia de ficción publicada, *La casa del incesto*, en 1936: «Todo lo que sé está contenido en este libro».

GUNTHER STUHLMANN
Becket (Massachusetts), verano de 1993

Introducción

Anaïs Nin fue una escritora extraordinaria y atrevida cuya vida encarnó las convulsiones, las contradicciones y el caos del siglo XX. En su búsqueda de un yo unificado, abrazó los cambios y desafió las convenciones. Abandonó los estudios secundarios, se casó con un banquero, se sometió a psicoanálisis y mantuvo relaciones sexuales con docenas de parejas, tanto esporádicas como duraderas, incluido su padre; vivió a caballo entre Europa y Estados Unidos, y en bigamia entre la Costa Este y la Oeste, con un matrimonio en Los Ángeles y el otro en Nueva York; experimentó con drogas; se publicó su propia obra cuando nadie quiso hacerlo, y rehuyó el feminismo hasta que lo abrazó. Nunca renunció a su sueño de ser famosa, un sueño que solo se convirtió en realidad en los últimos diez años de su vida, después de la publicación de sus diarios. Las posibilidades que se abrieron para Anaïs Nin se forjaron con las nuevas realidades que se fraguaban en el siglo XX para las mujeres en Europa y en Norteamérica; las más importantes para ella fueron seguir la vocación artística y la libertad de no ser madre. En cuanto artista y mujer que llegó a la madurez después de la primera ola del feminismo, Nin pudo cultivar su mente y su yo, y de la mente y del yo es de lo que trata esta recopilación de relatos.

Nin escribió la mayoría de las historias de *La intemporalidad perdida* entre 1928 y 1931, pero ninguna se publicó en ese periodo. Tal vez el argumento de mayor peso en favor de su notoriedad sea la unanimidad con que fueron rechazadas por, entre otros, el agente literario londinense Curtis Brown; la agente de *The New Yorker* Janet Flanner; la librera e impresora Sylvia Beach, de la parisina Shakespeare and Company, y H. L. Mencken, entonces editor de *The American Mercury*. Quizá las rechazaran porque formalmente eran poco convencionales y casi carentes de trama y por la falta de detalles sociológicos y materiales, o tal vez porque Nin tenía muy pocos contactos literarios. En cualquier caso, los relatos se presentan como una introducción excepcional a la obra y la mente de una escritora fascinante del siglo XX.

Nacida en 1903 en Neuilly-sur-Seine, una ciudad situada a las afueras de París, Anaïs Nin fue la mayor de tres hermanos, hijos de padre español, Joaquín Nin, y de madre danesa-francesa-cubana, Rosa Culmell. La familia se mudaba incesantemente debido a la carrera internacional como concertista de piano de Joaquín Nin, quien abandonó a su mujer y a sus hijos para siempre cuando Anaïs tenía diez años. A los once se trasladó con su madre y sus hermanos a Nueva York. Fue durante aquel viaje al Nuevo Mundo cuando Anaïs adquirió una costumbre que ya nunca abandonaría: llevar un diario. Escribió en francés hasta que tuvo diecisiete años; entonces cambió al inglés, su tercera lengua después del francés y el castellano. Era una adolescente tímida e introspectiva que pasaba más tiempo escribiendo su diario que haciendo cualquier otra cosa. Lectora voraz, convenció a su madre de que poseía la suficiente disciplina para terminar su propia educación, y a los dieciséis años le permitieron abandonar la escuela secundaria a la que asistía en Queens.

A los diecisiete, Nin empezó a escribir en su diario sobre un yo escindido en dos: la señorita Nin, que aparecía en público, realizaba las tareas domésticas y a la que podía verse saludando al cura local, y la «imposible» Linotte, que «debía estar escondida, escondida».* Esta idea de un yo público y otro privado ocupa un lugar central en los relatos de *La intemporalidad perdida*, igual que en la vida de la autora. Cuando contaba veinte años, Nin se casó con Hugh Guiler, un banquero con intereses artísticos que la mantuvo económicamente y la consintió en el terreno emocional el resto de sus días. Se mudaron a París en 1924 por exigencias de la carrera profesional de él. Nin se concentró en su escritura y en sus numerosos escarceos amorosos hasta 1932, cuando comenzó una relación con Henry Miller que duró diez años. Fue el periodo más fértil de Miller como escritor: publicó *Trópico de Cáncer* (1934) y *Trópico de Capricornio* (1938), obras a las que Nin contribuyó con ideas y sugerencias editoriales y asumiendo tareas domésticas, además de con el dinero de su marido. Durante la década de los treinta, Nin se entregó al psicoanálisis con dos analistas renombrados: René Allendy y Otto Rank; se acostó con ambos. Mientras mantenía feliz a su esposo y vivía a tiempo parcial con Henry Miller, Nin tuvo otros devaneos y aventuras sexuales: con el surrealista Antonin Artaud, con el marxista peruano Gonzalo Moré, con el exprofesor de su marido de la Universidad de Colum-

* *The Early Diary of Anaïs Nin*, vol. 2, *1920-1923*, Nueva York, Harvest Books, 1983, p. 30.

bia John Erskine y, en la treintena, con su propio padre. Gracias al entusiasmo de Miller y al dinero de Guiler, Nin pagó para que le publicaran tres obras en la década de los treinta: *D. H. Lawrence: An Unprofessional Study* (1932), *La casa del incesto* (1936) e *Invierno de artificio* (1939).

Nin y Guiler se trasladaron otra vez a Nueva York en diciembre de 1939, cuando la Segunda Guerra Mundial comenzó a interferir en la vida cotidiana parisina. Miller siguió a Nin a Nueva York, pero su romance empezó a decaer. El idilio con Gonzalo Moré perduró unos años más en Nueva York, tiempo durante el cual él trabajó para Nin en la Gemor Press, fundada por ella misma y ubicada en Greenwich Village. Allí imprimió el que se convirtió en su primer éxito de crítica: la compilación de historias *En una campana de cristal* (1944). Poco después, Nin entabló amistad con Gore Vidal, quien la ayudó a encontrar a su primer editor importante, E. P. Dutton, para quien trabajaba como editor de mesa. Dutton publicó *Escaleras hacia el fuego* (1946), pero, a causa de su pobre recepción por la crítica, rechazó el siguiente manuscrito de la escritora. Nin llevó *Corazón cuarteado* (1950), un relato apenas velado acerca de su larga relación con Moré, a Duell, Sloan and Pearce para que se lo publicaran, y obtuvo mejores reseñas críticas, si bien aún discordantes.

Por entonces, Anaïs Nin llevaba una vida dividida geográficamente. En 1947 había aceptado la propuesta de uno de sus amantes jóvenes, Rupert Pole, de veintiocho años, de viajar juntos desde Nueva York a Los Ángeles e iniciado así una relación amorosa que la llevaría a casarse con él en 1955, mientras aún estaba casada con Hugh Guiler. Aunque el matrimonio con Pole se anuló en 1966 por deferencia a su primer marido y por la preocupación que sentía Nin por Guiler tras la pérdida de su fortuna financiera, Nin vivió con Pole a tiempo parcial durante veinte años y a tiempo completo la última década de su vida, irónicamente, después de que se anulara el matrimonio.

Pese a que al menos once editores lo rechazaron, Nin publicó *Una espía en la casa del amor* en 1954 por medio del British Book Centre y gracias a la ayuda económica de Guiler; después fundó Anaïs Nin Press para vender ejemplares de algunos de sus libros descatalogados, así como *Solar barque* (1958). Su difícil relación con la edición comercial concluyó por fin en 1961, cuando acudió a Alan Swallow, de Swallow Press, quien aceptó entusiasmado publicar cinco de sus obras —*La seducción del Minotauro* (una revisión de *Solar barque*), *La casa del incesto, Invierno de artificio, En una campana de cristal* y *Cities of the Interior*— con el título único de *Cities of the Interior* (1961). En 1966, Nin empezó a ver que la fama que siempre había anhelado cobraba forma cuando Swallow Press y Harcourt Brace copublicaron el primer volumen de sus diarios, que comprendía el periodo entre 1931 y 1934. Comenzaron a llegar cartas a raudales, la crítica la ensalzaba; se convirtió en un símbolo del feminismo y la invitaban a dar charlas en Estados Unidos y en Europa. Anaïs Nin murió de cáncer en California en enero de 1977 mientras su obra todavía estaba en proceso de publicación y su fama alcanzaba la cumbre.

LOS RELATOS DE *LA INTEMPORALIDAD PERDIDA*

Cuando escribió los relatos de este volumen, Nin era todavía una escritora en ciernes. Aunque hacía quince años que llevaba obsesivamente un diario, tenía muchas dificultades a la hora de traducir sus pensamientos íntimos en ficciones. Como anotó en su diario temprano, «la mía es la historia del alma, de la vida interior y de sus reacciones frente a la vida exterior».[*] La fascinaba el concepto del yo, palabra que siempre escribía en su diario en mayúsculas, ya fuera solo la primera letra o todas.[†]

A finales de la década de los veinte, Nin había leído a Apollinaire, Rimbaud, Verlaine y Proust. Aunque la mayoría de sus lecturas había sido en lengua francesa, quería escribir en inglés y que la leyera un público anglosajón. Sentía que habían conformado su sensibilidad escritores ingleses y estadounidenses del siglo XIX.[‡] Emerson fue uno de sus primeros favoritos. En los años veinte leyó a James Joyce, Sinclair Lewis, Waldo Frank y Aldous Huxley. En 1929 cayó cautiva de la pluma de D. H. Lawrence, cuyo retrato colgó sobre su escritorio.[§] El relato «Nuestras mentes están prometidas» es en realidad un estudio y una imitación del estilo de Lawrence. En unas pocas semanas y de modo intermitente esbozó *D. H. Lawrence: An Unprofessional Study*, ensayo en el que incluyó a mujeres artistas en el panteón de los famosos;

---

[*] *Ibidem*, p. 242.

[†] Deirdre Bair, *Anaïs Nin: A Biography*, Nueva York, G. P. Putnam's Sons, 1995, p. 80.

[‡] *Ibidem*, p. 74.

[§] *Ibidem*, p. 94.

como muestra, nombró a Georges Sand, Madame de Staël, Jane Austen, George Eliot y Amy Lowell. De Virginia Woolf opinaba que era «demasiado intelectual» e indistinguible de Rebecca West («ambas escriben como hombres, y no me gusta»), y pensaba que cualquiera de las dos podría haber escrito *Un cuarto propio*.* En 1931 leyó a Colette y a Dorothy Richardson, y reparó en que su propio estilo se parecía al de Richardson.†

A medida que avanzan las historias de *La intemporalidad perdida* se va reflejando en ellas un cambio en el modo de pensar de Nin. Las de los dos primeros tercios de la recopilación, de «La intemporalidad perdida» a «Tishnar», se caracterizan por la existencia de un yo oculto e íntimo que es ajeno a los demás y al mundo exterior y debe protegerse de ellos. En cambio, los últimos relatos, de «El idealista» a «Un suelo resbaladizo», describen el yo revelado e incluso creado a través del Otro, un yo compuesto dialógicamente. En aquella época, Nin expuso su idea —que se anticipa en un decenio a la explicación ontológica del yo de Jean-Paul Sartre— en una conversación con su primo: «Las mujeres se ven a sí mismas como en un espejo en los ojos de los hombres que las aman. En cada hombre he visto a una mujer diferente, y una vida diferente».‡ Pese a que en estos relatos se apunta al mundo físico para que complete al mental, no expresan un autoconocimiento sexual pleno ni el concepto del cuerpo como complemento de la imaginación y el intelecto. Aunque Nin ad-

---

* *Ibidem*, p. 102.
† *Ibidem*, p. 110.
‡ *Ibidem*, p. 90.

miraba el tripartito de intelecto, imaginación y cuerpo, que descubrió en D. H. Lawrence, en la esfera personal no había alcanzado todavía la experiencia sexual que impregna sus obras posteriores. Así pues, son historias llenas de tensiones sexuales no consumadas y coqueteos que revelan yoes potenciales y transformados.

En estos relatos aparecen de forma particular los ideales estéticos del arte por el arte. Los personajes son poetas, artistas, cantantes y bailarines cuyas visiones de la belleza son una religión; la culminación es el arte en sí mismo. La imaginación y el arte se presentan en claro contraste con la vida cotidiana de la clase media, de la cual estos relatos tratan de escapar. En ellos hay pocos detalles materiales, solo mínimas observaciones sociológicas, y cada vez menos y menos sustantivos. El mundo existe solo como telón de fondo de las mentes que sueñan, piensan y crean nuevas realidades unas a través de otras. Como dice la narradora sin nombre de *La intemporalidad perdida* justo antes de embarcarse en un viaje de veinte años por un río irreal y onírico: «Estoy cansada de buscar una filosofía que concuerde conmigo y con mi mundo. Quiero encontrar un mundo que concuerde conmigo y con mi filosofía» (pp. 31-32).

Igual que en muchas obras modernistas de los años diez y veinte, en estas historias el yo se presenta como origen de la acción, de la observación y de la imaginación, y los personajes son observadores de sí mismos. El conflicto surge entre el yo y el mundo o entre versiones alternativas del yo. Una postura arquetípica modernista de la individualidad se encuentra en «La canción del jardín», en el que la niña protagonista se cansa de jugar con muñecas cuando se da cuenta de que «en su interior hormigueaban demasiadas cosas extrañas que eran superiores a la ausencia de vida en las muñecas» (p. 36), «de modo que se observó como si fuera un insecto» (p. 35). Esta introspección se juzga superior a lo que se consideraría un comportamiento adolescente normal que evita el auto-descubrimiento: «Cuando haces tanto ruido, corres, ríes, gritas, saltas, cantas, llamas a todo el mundo, saludas con los brazos a los barcos de pesca, es imposible que oigas lo que ocurre dentro de ti» (p. 38). Como las protagonistas femeninas de *Pilgrimage* (1915-1935), de Dorothy Richardson; la de *Mary Olivier: A Life* (1919), de May Sinclair, o la de *Un cuarto propio* (1928), de Virginia Woolf, Nin descubre una biblioteca que deviene un portal para descubrirse a sí misma, aunque no, como en Richardson, Sinclair y Woolf, para el descubrimiento del patriarcado. En Nin, más bien el yo desafía al sistema y es un portal para experiencias siempre cambiantes. Las palabras funcionan igual que analogías de la individualidad. Tal como descubre la protagonista de «La canción del jardín», los libros de la biblioteca «no solo nombraban lo que tenía delante, sino que además revelaban la existencia increíble de mundos más vastos e incluso más fantásticos» (p. 43). Las palabras no cierran posibilidades, sino que las abren: «Las palabras no eran solo la luz, sino los ojos en sí» (p. 43). En los relatos de la presente compilación por lo general los descubrimientos de la mente deben ir ligados al éxtasis físico. El descubrimiento del lenguaje en «La canción del jardín» se enlaza con el autoconocimiento físico a medida que «las palabras nuevas penetraban en ella con dulzura, a veces como una caricia, y otras veces le estallaban dentro como revelaciones explosivas» (p. 43). No obstante, la literatura y las palabras no son fines en sí mismas, sino un puente hacia el proyecto de la individualidad, pues «lo mejor que habían hecho era enseñarle a mirar y a pensar por sí misma» (p. 45). Si el relato «La intemporalidad perdida» narra un intento de evadirse de la realidad, en «La canción del jardín» se subraya la revelación del yo en cuanto realidad superior, una que reelabora continuamente el mundo con el transcurso del tiempo.

En estas historias, el cuerpo y la vida física se ven como falsedades cautivadoras. Solo pueden experimentarse si van unidas a una realidad esencial y sin límites a la que debe accederse a través del reino mental del lenguaje. En «Miedo a Niza», la protagonista, Lyndall, flirtea con un conocido de su marido en un hotel elegante donde los lujos materiales son una farsa y hasta se «disfrazaban las verduras» (p. 50). Pero lo que parece estar unido al mundo material podría no estarlo: el hombre es conocido como el jefe de Rubber Stamp Company, pero en secreto es un escritor que debe irse de Niza si no quiere verse arrastrado a la guarida mental de los bellos pensamientos de Lyndall. En «El sentimiento gitano», lo que se manifiesta como una revelación física seductora —el hermoso y sensual baile flamenco de Lolita— es en realidad una revelación de una vida atrapada en las necesidades materiales, carente de toda poesía. Lolita tiene que mantener a siete hijos y un marido, y es muy franca respecto a sus necesidades. A ella se confronta el personaje de Mariette, la escritora-bailaora capaz de experimentar la idea de culminación física solo mediante las palabras. El lector experimenta el clímax físico de Mariette no viéndola bailar, sino mediante lo que escribe acerca del baile: «Y toda la fuerza que reuniera de la frescura y de la soledad estallarían en el baile, y bailaría al ritmo de su propia sangre, hasta el límite de sus emociones, hasta la plenitud extrema del poder de su cuerpo» (p. 61). En los relatos de Nin, el cuerpo vive una vida más profunda que solo puede existir en concordancia con la mente, y el acceso a esa mente se encuentra en las palabras. De hecho, las palabras crean la realidad.

Esculpir la realidad mediante el lenguaje o el arte (idea que Oscar Wilde articuló en su ensayo de 1889 *La decadencia de la mentira*: «La vida imita el arte mucho más que el arte imita la vida») conforma buena parte de la acción de *La intemporalidad perdida*. El cuento «Alquimia», por ejemplo, en el que la esposa de un escritor recibe a dos admiradores de la obra de su marido, es un alegato al esteticismo. Pese a que uno de los visitantes comenta, con ironía, que la obra del escritor es «maravillosamente fiel a la realidad» (p. 107), la distancia entre la realidad y el arte se manifiesta bien clara hasta que al final la esposa explica que el libro del escritor «no era fiel a la realidad cuando lo escribió, [...] pero sí lo fue después, ya que mucha gente que leyó el libro empezó a descubrir sentimientos semejantes en su interior» y a recrear las historias que había escrito (p. 107). Esta noción generalizada de que el arte crea la realidad enseguida se traduce en una dinámica interpersonal en la que los pensamientos de una persona crean y conforman los pensamientos y los actos de otra. El mundo mental intacto que expuso Nin en los relatos anteriores cede el paso a la interpenetración mental; el arte no se describe como una realidad, sino como un autoengaño.

En «El idealista», los artistas Edward y Chantal se vuelcan en «la emoción y la fiebre de la comunión mental» (p. 116) durante varias semanas de amistad mientras asisten a clases de arte. Cuando la modelo desnuda se derrumba por inanición, se hace imposible idealizar su presencia física en cuanto arte. Chantal «ya no era capaz de ver líneas puras. Le parecía que los pechos seguían agitados y temblorosos» (pp. 118-119). Mientras que Chantal siente repulsión física por ese cuerpo, a Edward le atrae, y toma a la modelo por amante. Lo que siente por Chantal, sin embargo, es distinto: para él es «religioso», y suplica a Chantal que hable con él para que él pueda expresar su «intoxicación de los sentidos» (p. 120). Cuando Chantal, excitada, da a entender a Edward que se le ofrecería físicamente, este queda destrozado porque eso implica la pérdida del ideal que tiene de ella. El artista se engaña a sí mismo, igual que la cantante de «Las plumas del pavo real», que sigue fumando hachís para poder culpar del suicidio de su marido a las plumas del pavo real. Este autoengaño llega a su límite en el relato que lleva el irónico título de «Fidelidad», en el que una joven esposa, Aline, adopta el punto de vista de su amigo Alban, quien le dice que es infeliz en su matrimonio porque «mentalmente no [está] acompañada» por su marido (p. 132). Para poner a prueba las ideas de Alban, Aline pregunta a su marido: «¿Has pensado alguna vez [...] cómo a uno puede influirle su propia escritura?» (p. 134). Su marido responde un simple y perezoso «No». Su escasa predisposición para entrar en el campo del juego mental señala su muerte en el pensamiento de Aline; sus preguntas se convierten en una «autopsia» (p. 134). El relato termina cuando Aline rechaza lo que la narración indica claramente que es su nueva realidad. Alterada, le explica a su marido cuán falsa es la lectura que Alban hace de su matrimonio, y que en efecto ella le ha sido fiel; justo en esa actitud se revela la profundidad con que han penetrado en su mente las ideas de Alban, la firmeza con que se ha insertado esa nueva narrativa.

El relato final, el más largo, «Un suelo resbaladizo», es una reflexión prolongada acerca de la influencia de las ideas de los demás en el propio comportamiento; como los otros relatos, también es autobiográfico. Anita, el trasunto de Nin, es una bailaora de flamenco, igual que la propia Nin. La madre de Anita la había abandonado mucho tiempo atrás para llevar una vida de artista. En la vida de Nin, su padre, pianista y compositor, era un hombre seductor y desmedido que abandonó a su familia cuando Nin tenía diez años y reapareció cuando Nin se trasladó a Francia con su marido. La madre de Anita, una actriz famosa, redescubre a su hija, bailaora. La existencia de la madre se describe como dictada por los caprichos e indiferente a los sentimientos de los demás. El atractivo de esa vida, no obstante, se manifiesta en la afirmación: «Me despreciaría a mí misma si me gobernara algún patrón o alguna idea» (p. 165). La pasión no prospera en la idea. Anita se enamora del amante de su madre, Norman, pero, fiel a su resolución de ser totalmente distinta de su madre, deja a Norman para demostrar esa resistencia que su madre nunca tuvo.

Irónicamente, en la vida de Nin esa resistencia duró muy poco. Justo después de escribir estos relatos, conoció a Henry Miller y empezó una vida mucho más pintoresca que la de su madre ficticia: «La pasión [...] he vivido por ella. Nunca he perdido el norte ni me he aburrido. He amado vivir con efervescencia» (p. 165). La recopilación de *La intemporalidad perdida* marca, de este modo, un interesante momento de transición en el proceso de escritura de Anaïs Nin. Los relatos están relacionados con ideas idealistas y estéticas y no han encontrado aún la manera de incluir el cuerpo, un descubrimiento que Nin llevaría a cabo en escritos posteriores.

ALLISON PEASE

La intemporalidad perdida

La intemporalidad perdida

Era la invitación de siempre a pasar el fin de semana de siempre con la gente de siempre y su marido de siempre. ¿Por qué tenían que ser los amigos del «gran escritor» Alain Roussel quienes los invitaran, en lugar del propio Alain Roussel?

Además, llovía.

Lo primero que dijo la señora Farinole fue:

—No ha caído una gota en todo el verano. ¡Qué pena que llueva justo hoy! Os será imposible imaginar lo maravilloso que puede llegar a ser este lugar.

—Oh, no, no me cuesta nada imaginarlo —respondió ella, y miró alrededor.

Contempló los montes, los pinos, el mar, que componían un marco incomparable, formando un rincón acogedor a resguardo del viento. Entonces imaginó una gigantesca ráfaga de viento que lo barría todo, y a la señora Farinole, que decía: «Lo siento muchísimo, nuestra casa ha salido volando, y no puedo invitaros a que paséis la noche. Tendré que llamar al carpintero. Debe solucionarlo cuanto antes».

Y entonces Alain Roussel pasaría casualmente por allí en busca de material, con una red de pescar cangrejos. Al verla en el camino, le diría: «¿Quiere venir conmigo? Podemos pasar el fin de semana en aquel barco de pesca que hay en la playa. Es un sitio magnífico». (Emplearía otra palabra, una mejor que *magnífico*, pero en aquel momento no se le ocurría ninguna).

Su marido diría: «Espere un momento. Voy a buscar su impermeable. Es propensa a la neuritis».

—Aquella es la casa de Roussel —indicó la señora Farinole—. Ha pintado la puerta de verde turquesa. No tardará en ponerse gris debido a la brisa del mar.

—¿Habéis leído todos sus libros? —preguntó ella.

—Los leeremos —contestó el señor Farinole—. ¿Sabes que los tres últimos los escribió aquí?

—Y encima, mientras le arreglaban la casa —intervino la señora Farinole—. No sé cómo pudo.

—Y la cocinera enfermó. La casa era un caos —agregó el señor Farinole.

—Le publicaron un texto muy excepcional para una revista —apuntó ella.

—Todo él es muy excepcional —recalcó el señor Farinole—. ¿Nunca os han contado cómo reparó su coche solo, después de que el mecánico no pudiera dar con el problema?

—Y esta es nuestra casa —anunció la señora Farinole—. Henry, enséñales la glicinia testaruda.

Se detuvieron delante de la puerta.

—¿Veis esa glicinia? Era una planta testaruda. Durante dos años se empeñó en crecer hacia la izquierda, pero al final conseguí que creciera hacia la derecha, por encima de la puerta, donde yo quería.

Mientras su marido contaba esta historia, la señora Farinole resplandecía de orgullo.

—Así es Henry: de una tenacidad maravillosa.

—¿Crees que a mí también podría hacerme crecer hacia la derecha? —preguntó ella—. Quiero de verdad crecer hacia la derecha y por encima de la puerta, pero me resulta imposible.

—Tienes sangre irlandesa, ¿verdad? —preguntó el señor Farinole con una carcajada.

—No, ¿por qué?

—Siempre que Henry dice algo gracioso, preguntamos: «Tienes sangre irlandesa, ¿verdad?».

—¿En serio?

—Y él siempre contesta: «¡Y algo de escocés también!» —prosiguió la señora Farinole—. Ahora ya conocéis la broma de la casa.

—Es muy graciosa —repuso ella.

Estuvo un rato sin oír el resto de la conversación. Pensaba que le gustaría preguntar a Roussel qué pretendía decir con «razonamiento intuitivo». «Con razonamiento intuitivo —pensó— podrían hacerme crecer hacia la derecha y por encima de la puerta, pero solo con razonamiento, no».

Fueron hasta el final del jardín.

—¿Qué es eso? ¿Una barca? ¿Una barca en este jardín?

—Te la enseñaré —dijo el señor Farinole—. Ya estaba aquí cuando nos mudamos. Es una antigua barca de pesca normanda, que usamos como caseta de las herramientas. Mira: es negra porque le aplicaron alquitrán para protegerla. ¿Has visto qué forma tiene? Parece tan profunda, tan ancha, tan acogedora, tan segura...

—¿Puedo verla por dentro? ¿Puedo?

—Una vez vinieron unos invitados que tenían un niño y pusimos una cama en la barca para él. Se empeñó en dormir aquí. ¡Estaba loco de contento!

Dentro olía a alquitrán. Había una cama, unos cuantos baúles viejos, herramientas de jardín, tiestos, semillas y bulbos. Dos ventanucos cuadrados flanqueaban la puerta. El techo era achaparrado e inclinado.

—Oh, ¡a mí también me encantaría dormir aquí! —exclamó ella.

—¿Tienes sangre irlandesa? —le preguntó la señora Farinole.

—Acuérdate de tu neuritis —dijo su marido.

—Henry está más que orgulloso de esta barca —declaró la señora Farinole.

—Está sonando la campanilla, es la hora de cenar —repuso él, evasivo y modesto.

Todo fue mucho más fácil a partir de que supo de la existencia de aquella barca, más fácil saltar con vivacidad de un tema a otro, aunque cuidándose siempre de no sobrepasar cierto grado de moderación.

La barca esperaba en el oscuro jardín, al final del caminito estrecho; la barca, con su puerta pequeña y torcida, sus ventanucos diminutos, su tejado a dos aguas, su olor acre de brea; aquella vieja barca que había viajado tan lejos, ahora varada en un jardín oscuro y tranquilo.

El ambiente en la biblioteca de los Farinole rebosaba risas. No debía dejar de reír. Su marido había dicho: «Los Farinole tienen un sentido del humor de lo más encantador». No había nada que hacer.

La hora de dormir.

Los Farinole no creían que iba en serio lo de dormir en la barca hasta que ella llevaba medio sendero recorrido con el camisón bajo el brazo.

—¡Espera! ¡Espera! —gritaron entonces—. Te acompañamos.

—Ya conozco el camino —respondió ella, corriendo más deprisa.

—Necesitarás una vela.

—Da igual, hay media franja de luna, es suficiente.

Gritaron algo más, pero ella ya no los oyó.

Caminó alrededor de la barca. Estaba amarrada a un árbol viejo. Desató la soga mohosa.

—Y ahora, desaparezco —dijo mientras se metía en la barca y cerraba la puerta tras de sí.

Se asomó por un ventanuco.

Una nube cubría la luna creciente.

Una ráfaga de viento atravesó el jardín.

Se sentó en la cama y gritó:

—¡De veras que quiero marcharme! Me gustaría no volver a ver a los Farinole nunca más. Me gustaría poder pensar en voz alta, no siempre en susurros secretos. —Oyó el sonido del agua—. Tiene que haber un viaje del que se regrese cambiado para siempre. Tiene que haber muchos modos de empezar una vida desde cero si se ha tenido un mal comienzo. No, no quiero empezar de cero. Quiero mantenerme alejada de todo lo que he visto hasta ahora. Ya sé que no sirve de nada, que yo no sirvo de nada, que hay un error gigante en alguna parte. Estoy cansada de buscar una filosofía que concuerde conmigo y con mi mundo. Quiero encontrar un mundo que concuerde conmigo y con mi filosofía. Seguro que en esta barca podría alejarme de este mundo y navegar por un río extraño y sabio y llegar a lugares extraños y sabios...

Por la mañana, la barca ya no estaba en el jardín.

Su marido regresó a casa en el tren de las 14.25 para hablar del problema con su socio.

La barca navegaba por un río oscuro.

El río no tenía fin.

En las riberas había muchos sitios donde desembarcar, pero todos le parecían muy ordinarios.

Roussel tenía una casa en la orilla. Cuando hizo ademán de bajar a visitarlo, él le preguntó:

—¿Me admiras?

—Adoro tu obra —respondió ella.

—¿Y la de nadie más?

—Me gustan la poesía de Curran y las críticas de Josiam.

—No te detengas aquí —dijo Roussel.

Y vio que estaba rodeado de adoradores extáticos, de modo que empujó la barca hacia la corriente.

Un día vio a su marido en la orilla. Le hacía señales.

—¿Cuándo volverás a casa?

—¿Qué vas a hacer esta noche? —le preguntó ella.

—Cenar con los Park.

—Eso no es un destino —replicó ella.

—¿Adónde te diriges? —gritó él.

—A algo grande —contestó ella mientras se alejaba.

Aparecieron otras costas tranquilas. No había nada espléndido ni maravilloso que ver en ellas. Casitas por todas partes. De vez en cuando, botes atados a estacas. La gente daba paseos cortos en ellos.

—¿Adónde vais? —les preguntó ella.

—A descansar de la vida cotidiana —dijeron—. Salimos unas horas solo para fantasear un poco.

—Pero ¿adónde vais?

—Dentro de un rato, a casa.

—¿No hay nada mejor más adelante?

—Qué testaruda eres —le dijeron con frialdad.

Ella reanudó la navegación.

En el río, unos días eran soleados y otros brumosos, como en todos los ríos. En ocasiones había magia: momentos de extraña quietud en los que sentía la misma exaltación intensa que experimentara la primera noche que pasó en la barca, como si por fin estuviera navegando en una vida inefable.

Miró por el ventanuco. La barca se movía muy despacio y no iba a ninguna parte. Empezó a impacientarse.

En las orillas vio a todos sus amigos. La llamaron con tono alegre pero formal. Se dio cuenta de que estaban dolidos. «No me extraña —pensó—. Deben de haberme enviado muchas invitaciones y no les he contestado».

Entonces volvió a pasar frente a la casa de Roussel. En ese instante estuvo segura de que había viajado en círculo.

—¡¿Cuándo volverás a casa?! —le gritó él—. ¡Los Farinole necesitan las herramientas de jardín y también los baúles!

—Me gustaría saber —le replicó ella— qué quieres decir con «razonamiento intuitivo».

—¡No lo puedes entender! —le gritó él—. ¡Has huido de la vida!

—Fue la barca la que echó a navegar.

—No seas sofista. Echó a navegar porque tú lo deseaste.

—¿Crees que, si desembarcara, podríamos tener una conversación de verdad? Quizá ya no me apetezca viajar.

—Oh —dijo Roussel—, pero quizá a mí sí que me apetezca. No me gusta el exceso de intimidad; podrías escribir un artículo sobre eso.

—No sabes lo que te pierdes —replicó ella—. Sería un artículo interesante. —Y se alejó.

Las riberas seguían ofreciendo escenarios vulgares y corrientes, y no había un mundo más allá.

—¡¿Cuándo volverás a casa?! —le gritó su marido.

—Me gustaría estar ya en casa —respondió ella.

La barca estaba en el jardín. Amarró la soga al viejo árbol.

—Espero que hayas pasado buena noche —le dijo la señora Farinole—. Ven a ver la glicinia. A pesar de todo, al final ha crecido hacia la izquierda.

—¿Durante la noche? —preguntó ella.

—¿Tienes sangre irlandesa? ¿No te acuerdas de cómo estaba la glicinia hace veinte años, cuando viniste por primera vez a nuestra casa?

—He perdido muchísimo tiempo —repuso ella.

La canción del jardín

Descubrió que era distinta de las demás cuando se negó a mimar a sus muñecas como si fueran bebés, a sacarlas a pasear en el carrito, a ponerles pañal y a hablarles con superioridad. Los proclamó hombres y mujeres, cuyos actos escandalizaron a sus familiares cuando se dieron cuenta de que las muñecas eran una parodia inconsciente de ellos. Pero más tarde dejó de aparentar que se ocupaba de sus cuerpos inertes e inexpresivos y jugó con otras cosas.

Lo que tenía más a mano era ella misma, y le pareció que se trataba de un espectáculo bastante variado. Observar a los demás, formular preguntas personales no servía de nada. No recibía respuestas, o estas se posponían hasta una fecha lejana en que fuera capaz de comprender, y la observación no le aportaba más que exclusión de las habitaciones donde sucedían de verdad las cosas. De modo que se observó como si fuera un insecto. Lo primero que descubrió fue que lloraba cuando su madre cantaba. Era una sensación deliciosa que le conmovía todo el cuerpo por dentro, se henchía y rebosaba, y luego moría lentamente hasta desembocar en una dulce paz. Era una emoción maravillosa. El sabor de las lágrimas no se parecía a nada que hubiera probado jamás.

Entonces intentó descubrir si a otras niñas de su edad les ocurría lo mismo. Tenía una compañera de clase de cara hosca, y se lo preguntó. «No», dijo la compañera, nunca había oído semejante tontería. Una lloraba si un maestro le pegaba; si se rasguñaba la rodilla; si sus padres, enfadados, le privaban de la merienda de pan con chocolate de las cuatro de la tarde. O si el bruto de su hermano pasaba el tren eléctrico por encima de la cara de su muñeca preferida y se la destrozaba, como había hecho el suyo, para comprobar si su tren podía realmente atropellar a gente.

—También puede ser —añadió la compañera— que tu madre tenga una voz que te dé miedo. A mí me pasa eso con la voz de mi papá.

Aquello la llevó a ampliar su investigación. Advirtió que las emociones en absoluto eran universales, y que lo que sentía Dora cuando le dolía el oído o lo que sentía Matilda cuando le robaban la hucha eran cosas muy distintas. Por lo que respectaba al sabor de las lágrimas, no podía ni compararse al del chocolate.

Fue presa de una alegría tal que la llenó hasta desbordarse y que casi eclipsó el sentimiento de tristeza al descubrir que era la única persona en el mundo a quien invadían aquellos peculiares estados de ánimo. Y también descubrió que sus compañeras de clase tampoco sentían esa alegría.

Así que pasó más tiempo sentada en el rincón del balcón, en una sillita de mimbre, entre dos macetas con flores y dos jaulas llenas de pájaros tropicales, y acunándose a sí misma como nunca había acunado a una muñeca de trapo, porque en su interior hormigueaban demasiadas cosas extrañas que eran superiores a la ausencia de vida en las muñecas.

Cuando caía la tarde y refrescaba un poco, su madre y su padre salían a dar un paseo tranquilo para olvidar el calor del día y el fulgor feroz del sol. Ramona, la sirvienta valenciana, la acostaba y la encomendaba a todos los santos del cielo, y en lugar de quedarse con ella hasta que se durmiera, salía a la plaza e iba hasta la fuente, donde la esperaba un marinero. Sin embargo, los santos no concedían el sueño a los desasosegados por sentimientos insólitos, como si albergaran en el pecho una especie de cosquilleo provocado por insectos con plumas.

Yacía despierta, sintiendo en la oscuridad que algo bullía y se agitaba dentro de sí. Pensó que tal vez le estuvieran creciendo alas, como las que había visto en los libros sagrados. Las monjas llamaban *alma* a las alas. Sin duda, eso era lo que tenía. Tenía que ser eso lo que la turbaba cuando su madre cantaba. Y eso era lo que crecía durante la noche cuando Ramona no se quedaba a vigilarla.

Pero su madre y su padre, que no sabían qué podía ser, lo atribuyeron al calor y a la fiebre que se propagaba en la ciudad, y la enviaron a la playa.

La playa resultó ser más interesante que el balcón. Ella disponía de bastante libertad para explorarla. La hermana de Ramona, con quien se quedaba, estaba siempre ocupada con las tareas de la casa y remendando las redes de pesca de su marido. La casa encalada donde vivían se hallaba justo al borde de la arena, y las contraventanas verdes se veían desde todas las dunas y los peñascos, de forma que nunca podía perderse.

La hija de María, Lola, también de doce años, tenía la costumbre de reír por todo. A ella le parecía que Lola aún sabía menos cosas que las niñas de la ciudad. Cuando haces tanto ruido, corres, ríes, gritas, saltas, cantas, llamas a todo el mundo, saludas con los brazos a los barcos de pesca, es imposible que oigas lo que ocurre dentro de ti. Ella descubrió en su interior un eco de los sonidos del mar, igual que si fuera una caracola vacía, y los colores y los olores la afectaban de manera distinta que el canto. No le transmitían paz, sino un impulso de correr contra el viento, de nadar muy lejos y de respirar profundamente. En lugar de reír sin parar, de llamar a las barcas de pesca o de estar todo el rato hablando en la mesa, escribía versos detrás de las estampillas sagradas.

—¿Son himnos? —le preguntó Lola después de leerlos con esfuerzo.

Versaban sobre el mar, como si el mar estuviera vivo y cantara y siseara como un monstruo; del viento, como si el viento poseyera voz humana; de la arena, que había contemplado a su través mientras la derramaba una y otra vez contra el sol figurándose que era polvo de piedras preciosas; de los cangrejos que había observado en las cavidades de las rocas; de la espuma, que imaginaba hecha de jabón.

—Yo creía que solo se escribían himnos a Dios y a la Virgen —dijo Lola.

—Eso ya lo han hecho otros —repuso ella—. A mí me gusta escribir sobre cosas que he visto en persona.

Fue la primera que lo vio. Era un vagabundo, pero no como los que pasaban casi todos los días. Iba con sombrero, tenía el pelo largo y, aunque no vestía camisa, no era ni ciego ni le faltaban las piernas, y llevaba la cara limpia.

—Oh, *señora* —imploró a María en castellano—, deme un pedazo de carbón y verá qué dibujo tan bonito le hago en la pared.

—La ensuciará —repuso María.

—Es fácil de borrar. Yo lo limpiaré. Oh, deme un pedazo de carbón, uno delgado y largo si puede ser. Las dibujaré a usted y a las *señoritas*.

Y las dibujó tal como estaban: Lola, gorda y riendo de vergüenza, con los ojos ocultos por arruguitas risueñas; María, con expresión tranquila y de resignación, enmarcada por el pañuelo atado bajo la barbilla; ella, con los ojos como dos signos de interrogación. También dibujó la puerta entreabierta que tenían detrás, el banco, un extremo de la red de pesca que colgaba del tejado bajo, la ristra de ajos y una colcha extendida en la ventana.

Cuando terminó, María le dio pan y pescado.

—¿Lo borro? —preguntó el vagabundo.

—No, no. Se lo enseñaremos a Paco cuando vuelva a casa.

Sin embargo, Paco estuvo dos días en el mar, y cuando regresó, el dibujo se había borrado en parte, de modo que solo soltó un gruñido al verlo.

Pero ella había descubierto cómo ilustrar los himnos de manera que incluso Lola pudiera comprender su significado.

Primero había querido ser una santa porque los santos llevaban unos vestidos preciosos y un halo dorado alrededor de la cabeza; después, una mendiga que viajara por el mundo dibujando a la gente con carbón. Pero luego llegó a la conclusión irrevocable de que lo único que contaba era lo que Lola llamaba *himnos*. De esa forma, no solo podía invocar con afecto todas las cosas que amaba, el mar, los árboles, la arena, el viento, el sol, sino también hacerlos suyos, reunirlos en ella, y al leer los himnos una y otra vez, renovar en cada lectura las emociones que había sentido al ver los objetos en sí a la vez.

Esto se hizo más claro cuando la llevaron de vuelta a la ciudad y la dejaron de nuevo en el balcón. Anhelaba aquellos días despreocupados en la playa, y fue capaz de tenerlos. Pero el secreto de los himnos le pesaba, y pensó que ya era hora de confesarse. Se los mostró a su madre. Y su madre se echó a llorar. ¡Qué cosa tan extraña! ¿Qué tenían el canto y los himnos que provocaban el llanto en las personas? Incluso un alma madura, como sin duda era la de su madre, podía llorar. Y no había explicación. Todo lo que dijo su madre, cuando ella le preguntó, fue que eso no se llamaban *himnos*.

La condujeron por primera vez a la gigantesca biblioteca de su padre. Él interrumpió su trabajo para darle un libro delgado.

Lo que encontró escrito en él era mucho mejor que lo suyo.

En aquella biblioteca no se sentía en absoluto como si estuviera en una sala llena de gente que hubiera contestado a todas sus preguntas y a quienes ella hubiera podido observar indefinidamente, sino como si de repente hubiera descubierto una puerta que se abría a un mundo mucho más vasto, donde las personas se parecían solo vagamente a las que había visto en los convites que ofrecían sus padres. En los libros eran mucho más activas, más vívidas, más interesantes. El general de carne y hueso que los visitaba los jueves, que tenía una voz estentórea y llevaba guantes blancos y medallas, era más gordo y más lento que los de los relatos, y le gustaban más los pastelillos que las batallas. Las señoras a las que había visto iban perfumadas, pero algunas tenían muy pocas pestañas o pelos en la barbilla, o cantaban con voz estridente, o la inspeccionaban con los impertinentes, a través de los cuales sus ojos se parecían a los de los cangrejos. Y además, a ellas nunca les pasaba nada emocionante.

En cambio, en la biblioteca descubrió la existencia de tierras grandiosas, no solo pobladas de miles de ciudades, sino también de castillos, bosques, haciendas, otras playas, y en todas partes abundaban la acción y las peripecias. Había traiciones, devociones, milagros, conflictos, muertes, celos feroces. Las señoras no se limitaban a sentarse y escuchar música, sino que también cabalgaban, se convertían en monjas de la noche a la mañana, manejaban pistolas si era necesario, eran víctimas de secuestros o huían, vertían veneno en copas de vino, vestían de maravilla y mucho mejor que los santos, bailaban, se abanicaban, hacían comentarios agudos y graciosos, escribían cartas secretas, les jugaban malas pasadas a sus maridos.

Estaba todo un poco mezclado y no siempre era fácil de entender, pero al menos no había momentos vacíos como en casa, ni momentos inertes, ni días fastidiados por maestros lóbregos, ni se perdía mucho tiempo en rezar.

Mucho más chocante que todo aquello fue cierto libro que cogió un día en que su padre no estaba, después de terminar el que le había dado él. Le había advertido que no tocara nada salvo lo que él escogiera para ella, porque se aburriría. Pero como ese libro se encontraba al lado del que acababa de leer, imaginó que sería interesante.

Y lo era. Un hombre invitó a sus amigos a una gran cena, con velas y mucho vino; trufas cocinadas en arena; pasteles que llegaban en llamas a la mesa; faisanes con sus plumas, como si estuvieran a punto de echar a volar, y música incesante. Entre los invitados había una mujer a la que él colmó de galanterías. Llevaba, decía el libro, un vestido rosa de satén que dejaba al descubierto, como dictaba la moda, sus hombros redondeados y el nacimiento de los pechos, pequeños pero muy firmes. Ella se reía de todo lo que él decía, pero se echaba atrás cuando él se inclinaba demasiado hacia ella. Después de cenar y de bailar un rato, sintió que no podía seguir la fiesta con el resto de los invitados porque estaba mareada. En su habitación no tuvo fuerzas ni para desvestirse y cayó en la cama presa de un sueño profundo. Horas después, cuando todos dormían, el anfitrión se coló en la habitación. Ella no oyó ni notó nada. Él la desnudó muy despacio, deleitándose, acariciando cada parte de su cuerpo y besándola hasta que apenas nada la cubrió, y era tal su gozo, decía el libro, que tembló y gimió.

Había una línea y un espacio en blanco, y el relato proseguía con el absoluto infortunio de la mujer, su desesperación al no saber quién era el padre de su hijo y la pérdida del amor del hombre que había querido casarse con ella antes de aquella fiesta fatal en que la drogaron.

Y ella, que leía todo eso, trataba en vano de reconstruir los hechos eludidos en aquel espacio en blanco del libro. Era un misterio. La descripción de sensaciones totalmente nuevas la removió. Ya no era por el viento, por las noches apacibles, por el susurro sedoso de las palmeras, sino por aquel hombre alterado de tan extraña manera por aquella mujer.

«Si me hubiera pasado a mí —pensó—, no habría dejado que me venciera el sueño».

Durante un tiempo, el centro de las sensaciones pareció concentrarse en su cabeza. Allí se hallaba la vívida imagen del hombre y la mujer, así como imágenes de aventuras más pintorescas y menos sutiles, y también se le acumulaban ideas propias que no podía escribir con tanta facilidad porque estaba aprendiendo palabras nuevas. Las palabras nuevas penetraban en ella con dulzura, a veces como una caricia, y otras veces le estallaban dentro como revelaciones explosivas, que la llenaban de un clamor de placer y entusiasmo. Eran milagrosas: no solo nombraban lo que tenía delante, sino que además revelaban la existencia increíble de mundos más vastos e incluso más fantásticos, de millones de personas distintas de las que conocía, de tierras totalmente diferentes a la suya, de millones de sentimientos muchísimo más perturbadores que los que la habían apabullado al escuchar música. Rostros que antes le habían parecido distintos solo por los rasgos, el color o la forma ahora adquirían matices en una increíble cantidad y variedad. Todas las cosas que antes habían tenido una cara, como sus padres, o a lo sumo dos, de contento o de tristeza, cobraban vida, mudaban, acosaban, porque ella sabía qué ocultaban.

Las palabras no eran solo la luz, sino los ojos en sí, e igual que se agolpaban en las páginas impresas se le agolpaban en la mente y se le aparecían, por su poder intenso e hipnótico, incuestionablemente más maravillosas que ese Dios estático y barbudo que nunca hablaba, sino que dejaba que hombres extraños hablaran por Él, en ocasiones bastante mal.

Aprendió también que algunas palabras se habían echado a perder, que no podían seguir usándose. Su padre rezongaba cuando ella utilizaba la palabra *alma*.

—Hay palabras, como esa, que se han empleado mal —le dijo él—; han perdido su significado.

—Pero ¿qué haces entonces cuando la cosa existe y necesitas la palabra?

—Nunca hablas de ella —respondió su padre—. O te inventas otra.

Se llevó una sorpresa al descubrir que sus padres, pese al gusto que tenían por las palabras, eran inmunes a ellas. Su padre, que poseía seis mil libros, se los tragaba con la misma placidez que las comidas, los digería sin entusiasmo, marcaba ciertas páginas con diligencia y los dejaba sin cambiar de expresión. Ni de manera de vivir. Su madre leía menos, pero con docilidad y mudo respeto. ¿Entendían de veras lo que significaban? Y si lo entendían, ¿cómo podían seguir llenando de gente sin interés y moverse solo entre la ciudad y la playa, cuando existía un mundo vasto, inmenso, fantástico por explorar? Fue aún peor cuando se enteró de que habían visitado esas regiones, que habían estado en la India, en Egipto, en Japón, en Francia, en Estados Unidos, en Rusia, y nada les había dejado huellas profundas en el rostro; las historias que contaban eran amenas, pero parecían descripciones geográficas aprendidas en el colegio.

Ya no le cupo la menor duda de que tendría que ver y hacer las cosas por sí misma. Quizá sus padres fueran sabios, pero en algunos aspectos le recordaban a esas compañeras de clase que preferían el chocolate, que era algo ordinario, y que también preferían parecerse las unas a las otras.

Cinco años. El cuerpo, casi inmóvil, confinado por paredes, por costumbres mudas. La mente se le mecía y se le agitaba a causa de una inquietud apasionada, impaciente por vivir. Sin embargo, se aferraba a los libros, como si fueran la llave del mundo entero. Creía sinceramente que, cuanto más leyera, más claras serían las vivencias que experimentara.

Por fin supo qué era viajar. Sus padres empezaron meticulosamente el peregrinaje de su propia juventud. Llevaban consigo guías de viaje, mapas, y dormían en los trenes.

Buscó en el rostro estático del mundo físico el reflejo del significado que había encontrado en las palabras escritas. Buscaba en las ruinas, en los museos, pruebas de las palabras escritas, rastros de los hechos. Se sorprendió al encontrar en ellos un significado completamente distinto, el significado que ella les dio. Los libros no debían emplearse como llaves; debían existir por su cuenta o a lo sumo servir de indicadores. Lo mejor que habían hecho era enseñarle a mirar y a pensar por sí misma. Pero quedarse con ellos en suelo seguro era un error. Estaba sola. Descubrió calles sin valor histórico, pero sí elocuentes. Descubrió ojos de personas más elocuentes que la historia. Sus padres consideraban que no era lo bastante respetuosa con el conocimiento ajeno; sin embargo, ellos no mostraban ningún respeto por su manera de ver el mundo. Comprobó, de nuevo, que las cosas no la afectaban igual que a los demás. Si el mundo se había transformado al pasar por la mente de los escritores, también se alteraba al pasar por la suya. No necesitaba la llave del universo; el universo estaba en ella.

Fragmentos guardados en los baúles junto con todo lo demás. Yoes a la deriva de los que uno no podía alejarse.

Recordaba un jardín. Todos los niños jugaban allí. Todos tiraban de ella y la empujaban mientras perseguían una pelota que botaba como enloquecida entre ellos. Del todo inesperada, una canción, un canturreo suave, salió de la casa y atravesó el jardín lleno de niños y de sol y de ruido. Ella la oyó y se enderezó con un respingo. La canción se coló en el jardín inadvertidamente, y los niños siguieron riendo y gritando. Pero ella había sentido una oleada de extraña tristeza. La canción pasó flotando junto a ella y por encima del seto y persistió en el aire. Se introdujo en ella dulce y dolorosamente. Había algo por lo que merecía la pena llorar, algo en la canción.

El juego y los gritos cesaron. Todas las niñitas la rodearon.

—¿Te has caído?

—¿Te has hecho daño en la rodilla?

—¿Qué te pasa?

Por encima de ella, un corro de cabezas inclinadas la miraba. La canción la envolvió como un lamento.

—¿Qué pasa?

—¿Quieres chocolate?

—Anda, va, no seas cría.

—¿Ni siquiera puedes decir por qué lloras?

El jardín estaba en silencio. La última nota de la canción perduró en el aire. También cesó el llanto, y las niñitas se apartaron correteando.

—¿Vas a venir a jugar otra vez?

La voz que había cantado las llamó desde la casa con un tono muy llano, muy humano:

—Vamos, venid. ¡Os he hecho un pastel!

En los libros podía dejarse llevar libremente y concederse caprichos. Y ese dejarse llevar del cuerpo, involuntario, impulsivo, no razonado, era tratado con tolerancia y ternura cortés, humor medio triste y sentido de la fragilidad. El amor aquí se consideraba algo funcional, algo de donde extraer el placer más elevado como de un instrumento, y del que solo debía admirarse la complejidad del mecanismo.

Antes de llegar al tercer mundo, creía que conocía todas las emociones existentes. Pero un nuevo sueño se le reveló en ese lenguaje suave y neblinoso, un lenguaje cuya musicalidad no era traicionera en el sentido de que cualquier cosa trivial pronunciada con él sonara profunda, ni de una claridad irrevocable como en el segundo, sino que estaba suspendida entre los dos como si se compusiera de ambos y conllevaba una actitud nueva. Si hasta entonces sabía que había que vivir con fervor e inteligencia, en ese momento comprendió que se tenía no solo que vivir por una idea, o morir por ella, sino también luchar por ella. A la pasión se añadió un nuevo rasgo de selección profunda, de resistencia a los impulsos, de transfiguración deliberada. Hasta entonces solo había captado algo semejante a una configuración a la que uno se sometía, ya fuera por un desfallecimiento de los sentidos, ya por una indiferencia ante las exigencias de la mente. Esto se le manifestó de forma violenta en la poesía. Aunque rica en sensaciones, sentimientos e ideas, la poesía sugería, con palabras inefables, la existencia de la magia, del misterio, de un mundo no visto.

Le parecía que la niña que podía llorar no ante una canción, sino con la premonición de las cosas por las que valía la pena llorar, la conducía a mundos singulares, mientras que las demás, de su misma edad, seguían prefiriendo las chocolatinas, las historias de detectives, las vidas etiquetadas y seguras como galletitas en un tarro.

Miedo a Niza

Eran dos: un anciano permanentemente doblado por el reuma sobre una guitarra asmática, y un hombre más joven, que cantaba con agresividad operística. Pero era mañana temprana en Niza, y el sol disolvía toda facultad crítica. Además, Lyndall tenía un montón de céntimos, había un sobre vacío en la papelera, la ventana estaba abierta y se hallaba en el fastidioso proceso de reescribir un texto. De modo que se asomó a la ventana y sonrió a los de la serenata.

¡Qué delicia de vida! Lyndall nadaba en calor y luz, flotaba entre algodones. Había otros tipos de música, inspiradores e ideales, pero aquella se parecía mucho a su propia vida: desafinada a veces, y con frecuencia interpretada con instrumentos baratos y por dedos reumáticos. Una breve nota discordante le recordó el día en que su marido se mareó en un barco durante la luna de miel; una chirriante, a los guías avariciosos que echaron a perder lo sublime de su peregrinaje por Italia; una demasiado larga y vacilante, muchos otros momentos vergonzosos, cuando su marido le corregía la ortografía de sus párrafos exaltados, cuando juzgaba algunas de sus palabras más dulces «una invención extranjera que no debe confundirse con el inglés tal como realmente es...».

El hombre asomado a la ventana de al lado echaba dinero en una caja de cigarrillos y se reía de las ridículas melodías; Lyndall advirtió que también se reía de ella porque se balanceaba pensativa en el balcón al ritmo de los suaves sonidos que llegaban de abajo.

Aquella noche, Lyndall y su esposo cenaron en el Grand Hotel. Lyndall pensó que había demasiados camareros: uno para encenderle el cigarrillo, otro para servir el vino, otro para llevarles la carne, otro para el pescado, otro para el postre y aún otro para la cuenta.

Buscó la comida real entre tanto lujo engañoso. ¿Por qué la ensalada de patata sabía a menta y la chuleta de cordero parecía una flor? Habían cortado la remolacha tan fina que sabía a aire, y el pan se desvanecía con un sonido de papel arrugado. Todo estaba espolvoreado con especias, y el puré de patata formaba una onda permanente. Le presentaron un centenar de platos en mesas camareras, pero no podía adivinar qué contenían; salsas rosas disfrazaban las verduras, las carnes tenían formas de estrella, de canica, de escarabajo, y como guarnición llevaban ojos de confite para que parecieran ratones. Renunció a las adivinanzas, tragó sin saborear, permaneció sentada con dignidad, se alimentó de la música anémica, fumó en exceso mostrando sus uñas destellantes. Le entraron ganas de romper el vaso en el que un camarero de expresión estoica acababa de servirle agua con un aire tan absorto y escrupuloso que estaba convencida de que sabría a champán.

Entonces Lyndall se percató de que el hombre que había arrojado dinero a los músicos estaba sentado a una mesa cercana. Lo observaba todo con una sonrisa en los ojos —la comida, a las señoras mayores, a las *dames seules*, a los camareros— y con la misma indiferencia hacia todo, lo que la irritaba vagamente.

—Anda, si yo lo conozco —dijo su marido—. Es el jefe de la Rubber Stamp Company. Lo vi la semana pasada por asuntos de negocios. Tengo que hablar con él.

Presentaciones. Ningún cambio en su mirada. No pareció reparar en el extraordinario rostro de Lyndall, como de 1830. Incluso su marido se ofendió por ello. ¿De qué servía que tantos pintores hubieran definido su cara como un anacronismo en una época de producción uniforme?

—Este sitio no es para tanto —dijo el señor Breman—. Me da la impresión de estar en una playa enorme llena de restos marinos arrastrados por las corrientes, de ser un lugar para gente cansada de no hacer nada. Es lánguido, algo anticuado, no tiene esqueleto...

—Desde el punto de vista de un hombre de negocios joven, sí —convino el marido de Lyndall.

—Oh, no, lo digo por mí. Prefiero las montañas de verdad y un viento que arrastre las nubes y las telarañas mentales.

—Veo que no lleva tanto en Europa para haber sucumbido al placer del ocio —añadió Lyndall con una mirada que traslucía un cumplido.

Pero el jefe de la Rubber Stamp Company se mantuvo impasible.

—¿Damos un paseo?

—Os voy a llevar a un sitio maravilloso que he descubierto —dijo Lyndall.

Era un camino de cemento blanco que serpenteaba colina abajo hacia el mar. Estaba flanqueado por plantas tropicales: cactus gigantes, feroces y espinosos; arbustos de dedos largos que se extendían como pulpos; otros tenían flores como coles de hojas gruesas; otros se enroscaban como serpientes; todos eran frondosos y de textura lanosa. Crecían con virulencia, se aferraban furiosas al suelo y recordaban el desierto, la jungla y el fondo marino. La brisa no los movía. Era imposible que un día hubieran sido jóvenes; debían de haber mostrado desde el principio plenitud y firmeza, y nunca envejecían, jamás se arrugaban ni se mustiaban, sino que exhibían hasta el final una extraña atemporalidad. Eran plantas sin olor ni delicadeza, que crecían sin tierra y se alimentaban misteriosamente del sol y el agua.

Las tres figuras, ya en penumbra, se inclinaron sobre ellas y hablaron de ellas. Lyndall temió que el señor Breman vinculara las plantas de donde se extraía el caucho con su fábrica de caucho; la fábrica, con los sellos de caucho y en general con todo su negocio. Era un terreno resbaladizo, fatal, y la velada se malograría. O al menos, ella tendría que retirarse de la conversación y divagar mentalmente por otros mundos sola. Y a Lyndall le gustaba estar en compañía.

Sin embargo, la mente de Breman no pareció tomar esos derroteros.

—¿Se han fijado, en el hotel, en la señora que llevaba una peluca de seda naranja y que tenía la barbilla en su sitio gracias a una inyección de parafina que se derretiría en cuanto pusiera un pie en Argelia?

El marido de Lyndall le preguntó si prefería a la sudamericana que debía sentarse en dos sillas a la vez y no lograba ver a su pequinés cuando se le acurrucaba en el regazo.

—No —respondió el señor Breman.

—¿Preferiría —inquirió Lyndall— a una mujer moderna, delgada, que le lanzara frases indescifrables al tiempo que una pelota de tenis imposible de devolver?

—Sueño con una mujer —repuso el señor Breman— que sea pálida e intelectual, que lleve vestidos muy finos, que escuche música con la expresión de la santa Ana de Da Vinci, que sepa servir té con destreza, que haga comentarios irónicos...

—No es tan difícil de encontrar.

—Espere, eso no es todo. También debería ser capaz de caminar sin cansarse por senderos de montaña, con ropa sencilla de lana, y tener las mejillas sonrosadas, un silbido alegre y una conversación ingenua.

Lyndall pareció abrumarse con aquella descripción y respondió con un largo silencio.

—Es un deseo demasiado novelesco —declaró al fin.

—En mi tiempo libre escribo —dijo el señor Breman.

—Oh —exclamó el marido de Lyndall—, ahora entiendo por qué la conversación estaba alejándose de la esfera lógica. Creía que se debía a la noche de la Riviera, a las plantas y al mar.

Ya casi no se veían las caras. La fragancia de otras plantas planeó sobre ellos. Las olas lamían la orilla con suavidad. Los cigarrillos centelleaban como luciérnagas.

—Yo también soy un falso hombre de negocios —prosiguió el marido de Lyndall al cabo de un momento—. Prefiero las biografías a la economía.

—Solo pronuncia esta confesión en la oscuridad —añadió Lyndall.

—Es una verdadera pena que tenga que marcharme mañana —dijo el señor Breman—. Mañana a las nueve. Por negocios. Y, además, para serles sincero, Niza me da miedo. Este lugar tiene trampa. Hace más agradable la existencia. La critico para mantenerme despierto, por decirlo así. La verdad es que me fascina, me arrulla, me hace menospreciar los grandes logros que consigo, me hace despreciar la actividad. ¿No se han dado cuenta de que la gente que pasa aquí, al sol, los últimos años de su vida intenta retenerte, te ofrece su habitación de invitados, su porche acristalado, su yate? Al cabo de un tiempo ya no siento que camino, sino que cabalgo entre nubes; desaparecen los sonidos malsonantes, el sentido de la lucha, el deseo. Lo que se obtiene aquí es filosofía hindú: la ausencia de deseo, la aniquilación...

—Es un lugar para descansar —manifestó el marido de Lyndall—. Acéptelo como tal, y cuando sienta que ha recuperado la energía, márchese.

—Entonces nunca me iré.

—Así pues, ¿se va tan de repente porque tiene miedo de Niza?

—Sí. —Se palmeó el bolsillo lateral—. Aquí tengo el billete.

Los tres se levantaron y anduvieron sin prisa hasta el hotel. En el ascensor, el marido de Lyndall se acordó de que no tenía tabaco, y siempre fumaba antes de meterse en la cama. Salió del ascensor. Lyndall y el señor Breman se quedaron allí. Entonces él la miró abiertamente, con ojos risueños, y dijo:

—No es Niza lo que me da miedo; es usted.

El sentimiento gitano

—Mariette, ayúdame. ¿Ha terminado ya el primer número?

—Ni siquiera ha comenzado. Acabo de ir a mirar. Han hecho salir a la cantante dos veces y ha empezado un bis larguísimo. ¿No la oyes?

—Sí, maldita sea.

—¿No estarás nerviosa?

—Un poco. Es la primera vez que bailo en París. ¿Cómo sé si irá bien? Anoche un gato negro se me cruzó por delante, ya sabes qué significa eso. Y hoy es viernes. Y Manuelo anda persiguiendo a esa chiquilla, mi sirvienta. Y Manuelito, con esa tos sibilante. Me preocupa todo eso.

—Toma, los claveles y las peinetas.

—Dame primero los amarillos. Ahora los rojos. Estoy guapa hoy, ¿verdad? Mariette, tú no tienes el fuego que tengo yo, pero eres una buena amiga. Nunca he tenido una amiga como tú.

Se volvió para mirarse en el espejo. Era una gitana ardiente, de carnes generosas, pelo negro aceitado, sonrisa llameante y piel oscura y dorada. Los pechos generosos llenaban el corpiño rojo y lo rebosaban.

—Ayúdame a ponerme el mantón. —Se lo cruzó y se lo sujetó con un alfiler por encima de los senos—. Estíralo bien por detrás. Se me tiene que ver la espalda.

—Tienes una espalda muy bonita —dijo Mariette. En efecto, era hermosa, bien rellena y con curvas suaves y sinuosas hasta la cintura.

Lolita taconeó.

—Tengo que acordarme de mojar las suelas de los zapatos. ¿Me aguantas esta vela, por favor? —Se dio cera en las pestañas con cuidado—. Piensa una cosa: si no estuviera aquí bailando, estaría en la fábrica, eso seguro. No creerás que con siete hijos podría permitirme no hacer nada...

Mariette tamborileaba con los dedos, absorta, en la pandereta. Se los miró; eran dedos sosegados. Se miró en el espejo; era una cara sosegada. ¿Dónde estaba su vida? Desde luego, no fuera de sí misma; era indetectable. No era como la vida de Lolita, que se desparramaba en espléndidas curvas, en sus ojos como meteoritos, en las manos rollizas y nerviosas, en la melena brillante, en los pendientes de oro que siempre danzaban alrededor de su cara, en los collares de oro y coral que llevaba enrollados al cuello o que se le colaban entre los pliegues sombreados de los pechos suaves, y ella se los sacaba con indiferencia, calientes y húmedos. Lolita estaba envuelta en calor y humedad, ya fuera por el baile, por las peleas con Manuelo, por la cena del día anterior o por haber zurrado a uno de sus siete hijos. Y su cuerpo emanaba un intenso olor, sano y animal. En Lolita todo podía verse, tocarse u olerse. A Mariette le recordaba los jugosos pasteles españoles que nadaban en zumo de fruta, los dulces españoles amarillos que se deshacían en la boca como néctar, el sol que hacía bullir un torrente de savia en erupción permanente de aquellos cuerpos generosos y dorados. Cuando Mariette trabajaba, cuando ejercía la actividad solitaria y silenciosa de escribir, y dejaba de repente de sentir su propio cuerpo, solo tenía que ir a ver a Lolita para que el calor volviera a invadirla.

El vestido de Lolita siseaba por las ventosas ondulaciones de un sinfín de volantes. Las múltiples enaguas se mantenían firmes gracias al almidón. Con un movimiento basculante, como una ola gigantesca, salió del pequeño camerino, expandiendo su propio calor, mientras Mariette temblaba a merced de las corrientes de aire que soplaban por los pasillos del teatro.

Mariette se quedó entre los pliegues del telón gris, desde donde veía cómo bailaba Lolita.

Cómo bailaba Lolita. Y Mariette componía las palabras mientras seguía sus gestos:

El cuerpo erguido con orgullo, triunfante durante un minuto; después, unos pasos lentos; una vuelta veloz y un zapateado; giro de cintura, brazos sobre la cabeza; ondulaciones lentas, taconeo; ondulaciones lentas, taconeo, con el brazo izquierdo curvado alrededor de la cabeza; baile desenfrenado de pies, brazos y cuerpo a la vez, acompañado de la pandereta... De repente, saca pecho, se ofrece, se desliza hacia atrás, felina, se contonea; giros fluidos sobre sí, una vuelta súbita y brusca, abandono... Vueltas y vueltas furiosas. Quieta. Un paseíllo lento y lánguido, balanceando las caderas, balanceándose con suavidad, abre las piernas... Ondula y alarga los brazos con alegría, mueve el cuerpo en espiral, se gira y da una vuelta; taconeo, claro y contundente; llega al punto culminante con el zapateado, el cajón y el cascabeleo de la pandereta.

O para el segundo baile: se agacha a ras de suelo y salta de improviso, veloz como un animal de la jungla; corre hacia delante, salvaje, con sacudidas y convulsiones; le tiembla todo el cuerpo con el zapateado; tiembla beatífica y llega a un culmen de inmovilidad repentina, con los ojos de un verde fosforescente como los de los animales en la oscuridad, y sonríe, consciente de su triunfo íntimo, pues la sangre del público se ha contagiado de su ritmo y también jadea con gozo ardiente...

Terminó.

Peinetas, collares, pendientes, flores, las enaguas almidonadas y el vestido rojo como el fuego: lo arrojaron todo sobre un enorme pañuelo amarillo y rojo. Lolita se puso un batín roto, se sentó frente al espejo y abrió el tarro de crema. Entonces llamaron a la puerta. Era un hombre voluminoso que tuvo que agacharse para entrar por la puertecita. Llevaba hombreras y tenía la cintura estrecha, como dictaba la moda de 1931. Camisa de rayas y pantalones anchos.

—Oh, madame Lolita... —suspiró. Y no se movió.

Ella le tendió su mano, pequeña y regordeta. Él se inclinó sobre ella y la besó, abrumado.

—Su baile...

Lolita desvió despacio la mirada hacia el tarro de crema. El hombre cogió un taburete de tres patas y se sentó. Sus ojos parecían emanar ondas de admiración. Mariette le puso a Lolita un pañuelo al cuello para que el joven no viera lo sucio que estaba el batín. No habría podido decir por qué lo hizo. El tipo era muy joven y estaba entusiasmado.

Con un suspiro, Lolita apartó la crema y empezó a atar su fardo y a ponerse los zapatos de calle.

—Manuelo no ha venido —dijo—. ¡Menudo diablo! Siempre que bailo aprovecha para llevarse a esa chiquilla a una cafetería. Un padre de siete hijos. Y yo, sudando la gota gorda para mantenerlo. *Una vida de perro.* Oh, claro, los maridos son así.

Se quedó sentada, callada, con todo su peso hundido y carente de nervio después del baile, rebosándole del batín.

—Le presento a mi amiga Mariette —añadió Lolita.

El joven dio un respingo y alargó la mano en un gesto incómodo.

—¿Es usted gitana?

—Escribe —respondió Lolita—. Escribe sobre baile en los periódicos.

El joven le dio la espalda.

—¿Sabe?..., su baile me ha abrumado. Ha sido tan pasional, tan lleno de sentimiento gitano...

—Ah, ¿sí? —repuso Lolita, desmaquillándose las uñas.

—¡Ha sido tan lírico! Qué fervor, qué expresividad. Estaba extasiado. Siempre he soñado con los gitanos. Para mí, son la única gente que está viva en el mundo. He buscado el sentimiento gitano por todo el mundo. Cuénteme cómo vive, cuénteme de su libertad, de sus sentimientos.

Mariette se rio.

—No sé —contestó Lolita—. Manuelito tiene una tos sibilante. Estoy preocupada por él. Cuando no bailo, he de cocinar y coser.

—¡Cocinar y coser! Seguro que lo odia. Qué desencanto, después de la intensidad y el colorido del baile.

—Intensidad, sí —convino Lolita—. Le aseguro que es un trabajo durísimo, pero mucho mejor que ir a la fábrica.

—El marido de Lolita es un vago —apuntó Mariette.

—No te metas con él —protestó Lolita—. Es el padre de mis hijos. Tiene una pequeña granja cerca de Valencia. Cuando seamos viejos, nos retiraremos allí. Estoy ahorrando para eso. En días como hoy me gustaría estar allí ya.

—Pero ¿y la emoción de su trabajo, la fama...? —preguntó el joven.

—Es una manera de ganarse la vida. Tengo que terminar de vestirme.

El joven lo comprendió y las dejó.

Mariette cogió el autobús a su casa (a su hotel). El artículo debía estar listo para el día siguiente. Trabajó en él hasta las once de la noche, rescatando las palabras que le habían acudido a la mente mientras veía bailar a Lolita. Tenía que cambiar la cinta de la máquina de escribir. Su dedo sosegado se impacientó. «A veces me dan ganas de bailar a mí también», pensó mientras se sentaba en la silla. Volvía a encontrarse en el teatro, pero no entre los pliegues del telón gris. Estaba en el escenario, contoneándose y zapateando y tocando la pandereta. Sintió palpitar en su interior la savia antigua y rítmica. El sol, el olor animal de la piel, el sabor de los dulces amarillos españoles, el sol abrasador. Pero la descripción no terminó ahí. De repente, a Mariette la embargó el sentimiento gitano: no había paredes, no había límites, no había pensamiento. Iba en una carreta traqueteante por un camino a cielo abierto, y todo sucedía con fluidez. Bailaba cuando le apetecía, dormía cuando le apetecía, y soñaba, y se lavaba la cara y la ropa en los riachuelos, y hablaba con los vagabundos, y no tenía que preocuparse por las palabras sino solo de aquel disfrutar de la existencia, pasaba el día bajo el cielo abierto, en armonía con las brumas que se arremolinaban o se deshacían, con la lluvia saltarina y los destellos del amado sol. Y toda la fuerza que reuniera de la frescura y de la soledad estallarían en el baile, y bailaría al ritmo de su propia sangre, hasta el límite de sus emociones, hasta la plenitud extrema del poder de su cuerpo... Bailaría el sentimiento gitano.

Vaya, la cinta de la máquina se había vuelto a salir. Daba igual; ya había terminado el artículo. Tenía sueño. Colocó la tapa de caucho sobre la última hoja; puso el despertador temprano para ir a la oficina del periódico; se soltó el pelo, muy encrespado; metió el cuerpo helado entre las sábanas heladas, y maldijo a la camarera del servicio del hotel por haberse olvidado de dejarle una bolsa de agua caliente.

La camarera del hotel le dijo que un hombre la esperaba en la recepción (¡en aquella sala horrible, verde y violeta!). Era el joven que había ido a ver a Lolita. La cara le resplandecía de éxtasis.

—¡Usted lo tiene, lo tiene, el sentimiento gitano! ¡Puro! ¡Perfecto! ¿Querría cenar conmigo esta noche?

—¿Y Lolita? —preguntó Mariette.

—Está remendando calcetines. Por cierto, ¿le dije que soy poeta?

—Lo habría adivinado —repuso Mariette.

El ruso que no creía
en milagros y por qué

Entró en una cafetería del Boulevard Montparnasse. El camarero le limpió la mesita. A su lado, frente a un vaso de coñac, había un joven con aspecto abatido encogido en la silla.

—Un café —dijo ella al camarero.

—No pida café —intervino el hombre—, es imbebible. Póngale un oporto, *garçon*. —Y cuando el camarero se alejó, añadió—: Espero que tenga dinero para pagar. Yo no tengo ni para pagar lo mío.

—Pues lo echarán —repuso ella.

—Me da igual. Dentro de unas horas ya no estaré vivo.

Se quedó tan sorprendida que el joven se recompuso y se inclinó por encima de su mesa para verla mejor.

—Soy ruso —dijo a modo de explicación.

—¿Y qué?

—Cuando salga de esta cafetería, me tiraré al Sena.

—Pero ¿por qué?

—Ya no puedo más. No tengo dinero ni esperanzas de conseguirlo. —Apartó la vista, se bebió el coñac de un trago y se secó la boca con la manga—. Hubo un tiempo en que tuve un palacio...

—Lo invito al coñac y le presto diez francos, pero no me venga con sus cuentos.

—Me parece bien. Pero ¿puede permitirse ese gasto? Es que... parece... eh... —Estaba mirándole el sombrero.

—¿Qué pasa? —preguntó ella. Se quitó el sombrero y lo miró—. Solo está mojado.

—Seguramente tenga mejor aspecto cuando no llueve —comentó el hombre—. Qué tiempo tan horrible. La niebla en particular me pone nervioso.

—Ah, ¿también a usted le pone nervioso?

—Sí. Y sin embargo, me gusta. Me gusta imaginar que he muerto y que de pronto renazco en una vida nueva.

—Podría hacerlo sin tener que morir. ¿Qué se lo impide? Creo que somos capaces de quitarnos de encima al hombre que uno era ayer como si fuera un abrigo viejo que ya no queremos y renacer realmente a una nueva vida. No hay muros entre ayer, hoy y mañana, o entre usted y otra vida u otro hombre. Intente verlo todos los días igual que lo ha visto hoy en la niebla, un lugar donde puede ocurrir cualquier cosa. Si no sabe dónde está su antigua casa, puede meterse en otra. Si no puede ver las caras de la gente que conoce, hace amigos nuevos, igual que ha hecho hoy conmigo. El miedo de que el hoy esté relacionado con el ayer y de que sea imposible escapar de la continuidad no deja de ser una mera idea. Es la niebla la que le permite ver el mundo tal como es en realidad.

—Me gustaría cambiar.

—Bueno, pida el deseo y se hará realidad, como la lámpara de Aladino.

—Entonces —dijo el ruso—, ¿por qué no pide usted un sombrero nuevo?

Ella se quedó un rato callada, hosca. La cafetería se vaciaba. Los camareros apilaban las sillas y empezaban a barrer. El ruso cavilaba. Al fin la miró con ternura para apaciguarla.

—¿Usted podría cambiar su vida? —le preguntó.

—Pues claro. No hay planes. El mundo es un caos. Cogemos lo que queremos si tenemos coraje suficiente y si lo deseamos con suficiente fuerza. Usted está aquí hoy porque tenía la cabeza en blanco.

—No, era mi bolsillo el que estaba vacío.

—El dinero solo es una excusa.

—Nunca llega.

—Salga y cójalo.

—No la creo. ¿Por qué no pide algo para sí misma?

—La gente con buenas ideas no tiene tiempo para ponerlas en práctica.

—¿Qué vida ha llevado usted?

—Aburrida por fuera, pero apasionante por dentro.

—¿Dentro de dónde?

—De mi cabeza.

—¿De dónde es?

—De todas partes. Tengo sangre mixta. Me he alimentado de libros básicamente, por eso me pesa la cabeza y me mareo un poco.

—¿Sería posible que una persona apocada como usted se convirtiera en bailarina, por ejemplo?

—Bastante posible.

—¿Cuánto tiempo le llevaría?

—Posponga su propia muerte.

—Conozco un sitio donde hacen un buen café, Chez Bonhomme. ¿Nos vemos allí?

—De acuerdo, dentro de una semana.

—¿Una semana? Pero ¡los diez francos que me ha dado solo me durarán un día!

—¿No iba a cambiar de vida?

—No conozco a ninguna mujer —dijo el ruso—. Este año todas prefieren a los argentinos y los españoles.

Ella pospuso el encuentro muchos meses. Cuando al fin apareció en el café donde se conocieron, también en una tarde brumosa, él parecía malhumorado.

—Champán —pidió con energía, sacudiendo con aire nuevo la cabeza tocada con un bonito sombrero.

—Podríamos habernos encontrado en un sitio más alegre —dijo el ruso, olisqueando el aire para calcular el precio de su perfume—. Lo ha logrado bastante deprisa. ¿Quién es él?

—He conseguido un trabajo en el mundo del espectáculo.

—La invito a la bebida y le presto diez francos, pero no me venga con sus cuentos.

Ella le dio una entrada de la función en la que actuaba. Formaba parte del cuerpo de baile.

—¿Y cómo está usted ahora?

—¿Yo? De nuevo listo para el Sena. Al fin y al cabo, usted no quiere ayudarme.

—Con dinero, no.

—Cuando alguien le cae bien, ¿por qué no lo ayuda?

—¿Por qué tendría que caerme bien usted?

El ruso pareció entristecerse y ofenderse.

—Nunca he hecho ninguna lista.

El champán llenó un momento vacío.

—No tenemos mucho que decirnos —declaró el ruso, apenado—. Mejor sería que la cortejara. —Se inclinó hacia ella con su mejor técnica de aproximación.

—Demasiado fácil —contestó ella—. Es monótono. Para variar, seré la única mujer a la que no seducirá. ¿No es interesante?

—Es un juego. El final es siempre el mismo.

—Veo que sí que cree en los cambios... En que las mujeres cambien. Pero eso no va a cambiarlo a usted.

—¿Cree que necesito cambiar?

—Bastante. Pero... ¡adiós!

—No se vaya. Me gusta oírla hablar. Además, escúcheme: todo esto ya me pasó una vez, por eso no funcionará. Una mujer me pidió que cambiara. Creo que a las mujeres les gusta ese juego. Yo estaba solo, helado, sin fuerzas, pesimista, indiferente. Ella cuidó de mí, era cariñosa, era amable, era enérgica. Al oír lo que ella creía de mí, empecé a creerlo también. Me daba calor. Fue una resurrección. Sacó a la luz todos mis dones. Yo había escrito algunas obras de teatro. Ella me obligó a vender una y después otra. Hice amigos. Ella me empujaba a hacer cualquier cosa. Empecé a caminar con alegría, a reír, a ser ingenioso, a volver a la vida. Ella estaba contenta. Ahí estaba, haciéndome feliz, inyectándome entusiasmo con sus palabras y su presencia, y con promesas... No, nunca me prometió nada tangible. Se mantenía distante, como un objetivo remoto. Así que, como he dicho, tuve éxito. Olvidé el Sena. Y entonces ella dejó de interesarse por mí. Yo ya estaba hecho. Ella estaba contenta. Pero ya había pescado a otro hombre desgraciado y estaba ocupada en alentarlo. Así que, ya ve, decidí seguir siendo desgraciado. Creía que usted se lo pasaría mejor compadeciéndome, comprendiéndome, teniendo que entender mi angustia. —La miró con expectación.

—Ah —dijo ella con tristeza—, ya veo que no sucederá ningún milagro.

—¿Le gustan los milagros? Tanto peor. Usted vive para los milagros y yo florezco a partir de la lástima crónica. Pero esta vez preferiría perder la oportunidad de que me dé otros diez francos antes que dejar que siga creyendo en la niebla y en la resurrección de rusos desesperados.

—¿No cree en los milagros?

—No —respondió el ruso—. Porque nací en la Place de Clichy y no soy ruso.

El baile que no podía bailarse

En la sombra, de un color violeta profundo, estaba él, un ermitaño, quieto y observador, fuera de la vida. La vida se congregaba alrededor de la fuente, en las mujeres sibaritas que acarreaban agua, en el elevar los brazos para sujetarse los cántaros en la cabeza, en la sibilancia del agua y de las voces de las mujeres, y la vida estaba en la luz espirituosa del sol que astillaba el aire en sombras aisladas. Él estaba de pie en la sombra, escuchando, y por debajo del sonido del agua y el estrépito de los cántaros y las voces oía otros ruidos, y debajo de ellos, aún más, perceptibles a sus oídos adivinadores, y todos los sonidos juntos se elevaron hacia él, y todos los sonidos juntos poseían un ritmo que latía en su cabeza, contra las sienes, en su mente resonante, una capa sobre otra, desplegándose, cayendo y elevándose, y él percibía con perfecta claridad el sonido de los brazos al elevarse, y la ostentosa luz del sol era un sonido, y el caminar de las mujeres de carnes suaves era un sonido pesado y persistente, y el caer del agua no era solo el sonido del caer del agua, sino el azote del mar y de las lágrimas, y la sibilancia de las voces que repetían todas las palabras que se habían pronunciado en el mundo, y todos los sentimientos que creaban una resonancia insoportable en su mente, todos los gritos, todo era un azote contra la resonancia de su mente, que adivinaba un sonido dentro de otro, eternamente, como él adivinaba un alma dentro de otra, un alma dentro de otra, y un sueño dentro de otro.

Los sonidos que se elevaban en su mente rompieron el cascarón con un estallido y se dividieron en notas negras que subían y bajaban por líneas negras, notas negras y notas blancas que se invadían unas a otras, sonaban a la vez, se intercambiaban, se enlazaban o se separaban, desplomándose y alzándose; salían hechizadas de su cabeza e iban a parar a sus manos, al papel.

—Lo llamaré baile —dijo.

La bailarina era una sílfide, subyugada por la música y el ritmo, y ahí tenía un baile para ella, y ella escuchó con pies impacientes, lista para saludar, lista para inclinarse en una reverencia. Captó bien el ritmo, zapateó y empezó, pero no pudo entrar en la canción, no pudo seguirla, no pudo dejarse llevar por ella. Cada paso parecía un contrapaso al compás de la música. «Toca más deprisa —dijo al pianista—. No, toca más despacio». Sus pies no lograban encontrar los pasos subyacentes de la música. Zapatearon discordes y luego se detuvieron. La refulgente canción la subyugó, y un temblor la recorrió, pero no uno que la hiciera bailar con los pies. Era un temblor que la hacía bailar por dentro, queda, un movimiento que guardaría en el interior de su cuerpo. Se quitó el mantón, y las flores, y los pendientes y las pulseras, y bailó por dentro a partir de entonces, oculta a los ojos de la gente, con una canción y un goce y un ritmo que nadie podía percibir salvo ella, y hondo, muy hondo dentro de sí encontró una plenitud de compás que no había encontrado hasta entonces. Cada vez que sonaba el baile, los pies se quedaban inmóviles, y estar vivo ya no consistía en las sacudidas musculares, el paroxismo de las piernas y la exhibición de mantones y flores, y el movimiento subyacía a las contorsiones y se alojaba dentro, y vivir no era una marcha y trompetas y ruido, sino el continuo fluir de una canción subyacente, un baile dentro de un baile, un sueño dentro de un sueño, que se alargaba hasta el infinito, con la cadencia perpetua del baile inviolado, de la vida inviolada.

Un perfume peligroso

Lyndall tenía muy pocas ganas de ocuparse de los negocios en un día parisino tan bonito como aquel y vestida con su traje más favorecedor. Era dolorosamente consciente de que había miles de cosas más interesantes que hacer que ir a ver a la señorita Harney por cuenta del inventario del piso que esta le había alquilado durante medio año. Hacía un mes que se había mudado de allí y el encuentro se había pospuesto largamente; cuando habían hablado por teléfono, el tono de la señorita Harney había ido endureciéndose cada vez más: «Faltan toallas, y hay muchas cosas de las que tenemos que hablar».

Lyndall llegó pronto a la cita. La señorita Harney la hizo pasar, pero le pidió que esperara mientras acababa de arreglarse. Lyndall se sentó en el sofá y se fijó en que el piso volvía a ser gris y tranquilo. Cuando ella vivió en él, lo había alegrado con cerámica de tonos vívidos, tapices de seda y lámparas de colores. Con aire distraído, se miró las manos y se dio cuenta de que estaba acariciando la basta tela de lana del sofá. Se levantó de golpe con un gesto como si descartara algo que la molestaba y se acercó a la ventana.

—Tendría que estar pensando en las toallas —murmuró.

La señorita Harney entró. Se presentó con aspecto asea-do, ojos impersonales y un firme apretón de manos.

—¿Mi sirvienta rompió muchas cosas? Cuánto lo siento. Era una muchachita muy limpia —dijo Lyndall, dirigiéndo-se solícita a la cara impasible.

—Muy limpia. Pero todavía huele a perfume, y siempre he odiado los perfumes.

—No creí que sería tan persistente. Puede probar con amoniaco.

La señorita Harney sacó una lista del escritorio, invitó a Lyndall a sentarse en el sofá, se acomodó en un sillón enfren-te de ella y se puso a leerla:

—Dos toallas de tocador, dos platos hondos, y hay un vaso mellado. —De repente, la voz se le quebró y la hoja le tembló un poco en las manos—. ¿Cree en la intuición? —le preguntó, mirándola con intensidad a la cara.

—¡Claro!

—Me refiero a la intuición desarrollada hasta el punto de la adivinación.

—Sí. Pero nunca me habría figurado de usted que pensa-ra siquiera en ello.

—Nunca me ha entendido.

—Creía que sus inclinaciones eran científicas y se mos-traba escéptica respecto al resto. Cuando una noche aquí mismo, el señor Bowen nos contó una experiencia que tuvo, usted se rio. ¿Lo recuerda?

—Sí, es verdad.

Lyndall pensó que la señorita Harney estaba formulando preguntas banales y que enseguida retomaría el inventario. Sin embargo, tiró la lista al suelo.

—No sirve de nada. Jamás podrá pagarme lo que le ha hecho a mi piso. No puedo vivir en él.

Aquello cogió a Lyndall por sorpresa.

—¿Qué quiere decir? —preguntó con aspereza.

—Desde que usted vivió aquí, mi casa es distinta.

—Yo no veo nada distinto. Está como siempre. La refleja a usted. Sí que cambió cuando yo la ocupé, pero ya no queda rastro de nada, excepto el perfume.

—No lo entiende. Me siento rara en el piso. No puedo dormir por las noches. Ya llevo un mes aquí. Creía que era por el perfume, que evocaba su presencia constantemente. No he podido dejar de pensar en usted, y en su esposo, y en alguien más.

—¿En alguien más?

—Alguien que se sentaba cerca de usted. No era su marido.

—Vinieron muchos amigos.

—He sentido que era más que un amigo.

—Señorita Harney, me está incomodando mucho. No sé de qué habla.

—Claro que lo sabe. Es muy curioso cómo el perfume me trajo la imagen de usted, con esos vestidos espléndidos que lleva, de usted con la cara alterada, extraña; no era la cara que muestra todos los días, a mí, o por la calle. Estaba transfigurada. Y cuando la vi, sentí algo muy pesado, oscuro, impuro.

—¡Está soñando! ¡Está loca!

—Sabe que no. Aquí sucedió algo, en este sofá.

Lyndall se levantó como un resorte, tensa y pálida.

—Me temo que no está usted en sus cabales.

—Sabe que sí.

—Ha estado leyendo demasiadas novelas.

—Solo leo filosofía.

—Siempre me ha odiado.

—Oh, eso sí es verdad. Porque crea a su alrededor una especie de atmósfera brumosa y traicionera. Todo lo relacionado con usted parece bello. Tiene talento para la puesta en escena, para las poses y los gestos, para vestirse. Su voz destila un temblor peculiar y su cara es cautivadora. Si yo noto todo eso, ¡imagínese lo que sentirán los hombres!

—No son motivos para que me odie. Y si cree que me quieren por esas cosas, ¿por qué no las adopta para sí?

—¡Jamás! Siempre parecería artificial, mientras que en usted parece completamente natural.

—¿Y por qué no iba a ser natural? —preguntó Lyndall con tristeza—. Adoro la belleza.

—Adora la belleza —repitió la señorita Harney, burlona—. Pero ¿para qué sirve la belleza? ¿Para qué la adora?

—¡Por sí misma!

—Oh, no, no —replicó la señorita Harney con amargura—. ¡Por la pasión!

—¡Y ya hemos vuelto al misterio impuro! ¿Qué se imagina? ¿Qué tengo aventuras amorosas?

—No sé qué es exactamente lo que noto... No. No es una aventura amorosa cualquiera. Es algo muy intenso y extraño que me perturba y me agita. No crea que simplemente la envidio. Lo que pasa es que no puedo soportar esta sensación que ha metido en mi casa. Es como si todo lo que hubiera tocado desprendiera una especie de fiebre.

—Y si fuera... solo... pasión, ¿por qué la odia tanto?

—¡No la odio! Yo también la deseo para mí, igual que existe a su alrededor, intensa, densa y cálida; que disuelva todos esos análisis fríos que hago para convencerme de que no tiene gran valor. Pero como no puedo tenerla, quiero paz. Usted ha destrozado mi paz. Dígame, dígame, ese hombre que venía aquí, ¿la amaba?

—Me deseaba.

La señorita Harney, que hasta ese momento la había escrutado inquisitiva y con dureza, desvió la mirada.

—Muchas veces —le contó Lyndall, despacio—, cuando nos sentábamos aquí, yo podía sentir su excitación, y él la mía. Al cabo del rato ya no importaba de qué estuviéramos hablando. Sentíamos que cada palabra podía ser la que precediera al clímax. Él lo posponía a propósito. Era maravilloso notar la espera, la tremenda tensión, la fuerza de aquel impulso; era maravilloso sentirlas por sí mismas. Estaba segurísimo de que me entregaría a él. Cuando conversábamos, dejábamos las manos cerca, las suyas de las mías, y él no me tocaba, pero entre nosotros discurrían corrientes subterráneas, corrientes de una intensidad enloquecedora. Luego, cuando me besó, supe que no me amaba. Y lo alejé de mí.

—Lyndall añadió con sequedad—: No sé por qué estoy hablando de esto.

—¡Y solo fue un beso! —musitó con suavidad la señorita Harney.

—Hay besos —dijo Lyndall— que pueden echar por tierra el proyecto de toda una vida.

Hubo un momento de silencio.

—Siento que ahora ya puedo vivir aquí —dijo la señorita Harney.

—Yo no —repuso Lyndall.

Rosas rojas

Quería rosas rojas, rosas rojas. No las místicas flores níveas de sus sueños estáticos, las que desplegaba en el silencio de su habitación, las flores de las magnificadas campanillas de invierno. Las que deseaba con más dolor eran aquellas, las rosas rojas. No podía esperarlas pacientemente; eran las flores iniciáticas a los sueños de sangre, debían llegar enseguida porque las anhelaba, debían obedecer a su deseo y no a la lenta perspectiva de alguien ajeno, a la lentitud del mundo, lento en darse cuenta de que ya estaba preparada para las flores rojas.

Con el dinero en la palma de la mano, bajó a pie la cuesta hasta la floristería del pueblo. Pidió rosas rojas. Escribió su nombre en la tarjetita y su dirección. Pidió que las entregaran cuanto antes.

Para que resultaran una sorpresa, debían llegar cuando no las esperara. Así que regresó muy deprisa a la vieja casa y fue a la bodega a ver cómo crecían las semillas plantadas en cajas. Dedicaba mucho tiempo a cuidarlas en aquel jardín de penumbra, un jardín de semillas diminutas que brotaban, tan frágiles, en el calor de la bodega.

Llamaron al timbre. Tenía las manos sucias y corrió a lavárselas. Abrió la puerta al chico de la floristería, que llevaba las rosas rojas envueltas en papel transparente. ¡Rosas rojas! ¿Y quién las habría enviado? Déjalas ahí. Gracias. Está tan impaciente por ver quién las ha mandado que no puede abrir el sobrecito. Por fin. Letras impresas. Por supuesto. Todavía no figura ningún nombre. Es normal. Pero la tarjeta lleva las palabras: «De tu amante». Y el fulgor de las flores difunde ese mensaje simple un millón de veces.

Era todo muy hermoso. Los sueños de nieve estaban fuera, yacían quietos como una alfombra blanca alrededor de la casa. Y dentro ardía la llama, muchas llamas pequeñas ofrendadas a ella. ¿Qué se podía hacer con las flores? El deleite era supremo, le provocaba frenesí. El deleite no podía terminar con el simple acto de ponerlas en agua. Las rosas iniciáticas, que marcaban los momentos de los ritmos precipitados, el final de la inmovilidad. Ahora eres una mujer. Alguien te miró. Alguien te vio. Alguien adoró. La casa es tan pobre... La barandilla se está desmoronando. Hay manchas en las paredes. Las rosas rojas son pródigas, derrochadoras, increíbles aquí. La habitación está fría. No está encendido el fuego en la chimenea. Las rosas están encendidas como un arbusto en llamas. Y cuanto más las mira, más crece la llama en ellas y en ella. Las rosas rojas son llamas que apelan a la llama que habita en su interior. No puede ponerlas en un jarrón. Toda ella rebosa rojo. No las flores, no las flores, sino la roja palabra clave que abre los mundos nuevos de fuego. Incendiarán la casa, la reducirán a cenizas, y derretirán la nieve, y arderán ella y sus hermanos y hermanas, su madre, su padre, los vecinos. Incendiarán el pueblo y se propagarán en círculos por toda la tierra y marcarán a fuego la ciudad. Las coge entre los brazos. Se precipita fuera de la casa como si quisiera salvarlas de la catástrofe. Las lleva corriendo a la iglesia. La iglesia abre las fauces de sus cavernas. No arderá. Durante siglos, las velas y las llamas de los candiles arden en sus entrañas sin causar peligro. Flores y velas ofrecidas en perpetuo sacrificio. Podría sumar sus rosas a ellas, las rosas rojas enviadas por el hombre a la virgen, regaladas a la virgen como una ofrenda de gozo secreto y abdicación.

Devuelvo a Dios lo que me envió, estoy agradecida, le doy las gracias por el presente. Te devuelvo lo que se me ha dado. Escucha mi oración. Deseaba rosas rojas. Quizá estuvo mal. Pero si te las ofrezco a ti, no está mal. Acéptalas. Soy una mujer. La mujer recibió rosas rojas. Me queman. Ahora queman por ti. Pero el gozo sigue en mí, este gozo de ser mujer. Soy una mujer, y este gozo me abruma. Escucha mi oración. No puedo rezar. Es por el gozo. Acepta el gozo. ¿Está mal? Aquí están mi gozo y mis rosas rojas, pero ya no puedo ser como era ayer, antes de que llegaran. Nunca seré como era ayer. ¿Estaba mal? Acepta las rosas, y mi gratitud, y mi gozo, es demasiado para mí, todo en un mismo día. No puedo soportar que mis deseos se cumplan.

Nuestras mentes están prometidas

Se encontraron ocho años después. Se observaron atentamente. ¿Quién eres ahora? Un abismo, al cual se asomaron con afecto, arrastrados por una persistente obsesión por los recuerdos.

—¿Te acuerdas del primer día en que te vi? Tendrías quince años. Yo volvía del instituto con mis hermanos. Estábamos en el recibidor de la casa. Saliste de una habitación oscura; muy frágil, tremendamente pálida, con los ojos enormes, muy abiertos y asustados, y dijiste muy tímida: «Mi madre no está». Mis hermanos hablaban y yo me quedé mirándote. Después me tomaste confianza. Me llevaste arriba, a una habitación donde estabas trabajando en la presentación de una obra de teatro. Me enseñaste los trajes de gasa que habías hecho, y los adornos del árbol de Navidad, y las colchas y las cortinas. En aquella habitación hablabas, pero solo de lo relacionado con el teatro y cosas así. Te caí bien porque te arreglé la cortina. ¿Te acuerdas?

—Sí, me acuerdo. Y después, tus cartas del instituto, y las cajas llenas de flores que recogías en el bosque.

—Y la horrible poesía.

—Y la sensiblería: eras un ángel, una diosa, una santa a la que había que venerar y jamás tocar.

—Y la intensidad delicada, poética y sosa.

—¡Terrible!

—¿Y ahora?

Se observaron de nuevo.

Él tenía treinta años. Sus modales eran pausados; sus gestos, ágiles y felinos; su voz, suntuosa. Sabía mover las manos de forma persuasiva y dominaba el arte de los silencios.

De nuevo, ella le pedía que actuara en su obra de teatro. La obra ahora era su propia vida; su casa estaba decorada hasta el menor detalle como un escenario que complementaba a la perfección sus imaginativos trajes. De inmediato, de aquel amor por la obra llegaría la intimidad. Sin embargo, no era lo mismo: no había nada que él tuviera que arreglar, no había nada en lo que ella se mostrara desvalida. Se quedó un poco decepcionado.

Todavía se miraban.

—¿En qué mundo estás ahora?

De pronto, se fijó que en la biblioteca había seis libros de D. H. Lawrence. Se hallaban en el mismo mundo, en el mundo de Lawrence, quien había creado un lenguaje, un simbolismo y un universo de sentimientos. Y ellos hablaban mediante su lenguaje, empleando palabras del modo en que las empleaba él, formulándose el uno al otro las preguntas que él había formulado sin encontrar respuestas.

—¿Cómo vives?

—¿Cuál es tu filosofía?

—Oh, la filosofía está muy bien, es fácil de entender, pero es imposible regirse por ella.

—¿Por qué?

—¿Te acuerdas de nuestra sensiblería?

—No quiero recordarla.

—Era el primer signo de un exceso de sentimiento. Ese exceso se ha canalizado en una buena interpretación y una buena escritura. Se ha convertido en el elemento más preciado de la intensidad, el único elemento por el cual uno se realiza en la vida. Pero...

—Nos caemos.

—Sí. Pero en ti no es destructivo. En mí...

—Antes de encontrarnos, me enteré de que estuviste enamorado.

—De Ella, sí. Creía que lo estaba, y antes creí estar enamorado de..., y antes...

—Sí, lo recuerdo, siempre era igual.

Entre ellos se instaló una idea que no verbalizarían: «Si hubiéramos sido amantes, quizá el curso de la vida de él habría cambiado».

La miró con aire de reproche.

—Quizá si en aquel momento de mi despertar no hubieras sido una criatura tan fantasmal, los demás no me habrían parecido más reales. Él parecía mucho más humano.

—¿Por qué no fuiste tú más humano? ¿Por qué nunca me tocaste? Lo deseaba de veras.

—No lo parecía. Tu cara resplandecía distante, con desapego; siempre tenías las manos demasiado ocupadas. Estábamos conectados con mucha intensidad a través de los sueños.

—¿A quién amaste realmente, del todo?

—Era un chico con mucho talento, muy brillante.

Ella se quedó muy triste después de la conversación. Luchas incipientes, trágicas, pesadas la oprimían, a ella, que siempre había tratado de desembrollarlo e iluminarlo. Sentía que su claridad no servía de nada, pues era producto del pensamiento; él debía dar a luz revelaciones por medio de las emociones. La energía de ella de nada le servía a él; él debía encontrar su propio poder. No podía ayudarlo. Solo podía escucharlo.

En el cojín de terciopelo del sofá él dibujó un círculo. La vida era como el borde de un cuenco. Había partido del centro del cuenco con las ideas que le habían inculcado acerca de lo que debía sentir y hacer. Luego la circunferencia se amplió, impulsada por sus descubrimientos personales y sus instintos. Ensanchó y ensanchó el horizonte de sus actos. Llegó hasta el borde del cuenco y cayó afuera, con Gide, Proust y tal vez Da Vinci. Agotó sus impulsos físicos y después regresó. No deseaba aquella culminación. Fue consciente en su interior de todos los deseos extraños que podían sentirse en esta tierra, pero satisfacerlos no significaba satisfacer sus sueños. Se hallaba sumido en un conflicto destructivo. Lo que deseaba era la completitud y la normalidad a través del amor de las mujeres. Que le hicieran sentirse pleno, entero, hombre.

Ella escuchaba.

—Hablar contigo me ha ayudado a olvidar mis penas. Hoy he recibido una carta de él.

Ella hizo acopio mental de toda la fuerza de su comprensión. Debía estar atenta y saber adivinar. No temía el dolor; solo tenía miedo de ser mujer, de aferrarse. Aferrarse no hacía que hombres como él se sintieran enteros.

—A veces —dijo él—, cuando me emborrachaba, me sentía en armonía con el mundo, y casi pleno. A veces, cuando una prostituta me gustaba, creía que por fin había conseguido una cercanía con las mujeres mediante la cual alcanzar la pasión absoluta. No era más que una chispa. No tardaba en retirarme, y el primer momento de lucidez me devolvía a la intolerable fragmentación. Me sentía totalmente atraído por él, y no obstante era consciente de la inmadurez, de la incompletitud de mi instinto.

A él no le gustaba la ironía, pero la de ella lo divertía.

—Pero la ironía es una forma de lucidez —le explicó ella—. Es una manera de entibiar la mente. —(Qué alegría discrepar).

—Lawrence no era un artista en el sentido estricto de la palabra. Su prosa debería haber sido poesía.

—No —objetó ella—. Escribió una prosa nueva, una prosa lírica con la intensidad de la poesía.

—Pero no es del todo artístico.

—Hay partes en que es prosa poética perfecta, igual de perfecta que la poesía.

—No creo en la prosa poética; creo en la poesía.

—Yo creo en la prosa poética. Escribo prosa poética.

—Yo creo en la poesía. Escribo poesía. Y, por cierto, tienes que ayudarme a buscar un estudio. Debo trabajar en las ilustraciones.

Él le besó la mano. La ironía ayudó. Ella sonrió con indulgencia, receptiva pero no apasionada. O, si apasionada, no explosiva.

—Es curioso —observó él—: no me pides que te ame al cien por cien. Todas las mujeres me piden que las ame al cien por cien.

—Una petición muy poco imaginativa. Llegará una mujer que no pedirá que se la ame al cien por cien.

—¿Quién es?

—Una mujer de mi última historia, mi mujer ultramoderna, que está ocupada con sus propias visiones y su propio trabajo.

—Oh —repuso él—, pero es justo la mujer que no quiero. Busco a una campesina, a la mujer-tierra, a la mujer primitiva, vulnerable, dócil.

—¿Y por qué hablas conmigo?

—Porque con la campesina no puedo hablar. Y también porque tú eres en verdad la persona a la que quiero amar. Sin embargo, tengo el presentimiento de que te perderé otra vez por mi culpa. Es terrible.

Y entonces se dispersaron la melancolía, el mal humor, toda la sabiduría y todo el valor. Ella había dicho que no le importaba, que disfrutaran del presente. No lo dijo en serio. Por un momento estuvieron compenetrados de un modo muy curioso y extraño, ambos experimentando los mismos sentimientos, descubriendo verdades con la misma ardua sinceridad, con el mismo olvido de sí mismos. Qué rara era aquella identidad mental, siempre la respuesta correcta, la reacción inmediata, la continuación de los sueños del otro, mezclas de sueños que conllevaban fecundas fantasías.

Sentados a la mesa de un café, se percataron de que ambos estaban ocupados con el mismo desarrollo lento e integral, paso a paso, sólido y completo.

Ambos decían: «Quiero estar solo y trabajar», pero se demoraban en la mesa del café, cara a cara, aunque su charla no les aportara más que dolor e inquietud. Hablaban sobre su deseo de conectar con la vida a través del amor y la creación, mientras todo el tiempo anhelaban conectar el uno con el otro.

—Solo existe una posibilidad de perfección en el arte, y es solitaria —declaró ella.

Él no la contradijo.

Una mañana cálida y brillante. Emprendieron la búsqueda del estudio. Ella llevaba un vestido verde claro y un sombrero verde claro. Estaba alegre y se sentía liviana, libre y con la mente clara.

Él notó esa liviandad y de pronto se sintió descargado de su peso.

—Me encanta tu despreocupación —le dijo.

La atmósfera se limpió de repente, ya no había malestar. Ella no pedía nada; él daba lo que podía dar. Sosegada y sin miedo, ella lo miraba a la cara, y él agradeció el sosiego y la ausencia de miedo. Recobró la confianza. La tomó del brazo. ¡Y cómo hablaban! Debía haber una consumación artística; él ilustraría los relatos místicos que ella escribía. Soñaron con eso. El arte, el arte era una consumación.

El día resplandece y hace calor. El autobús los sacude. Ella es ligera, muy liviana.

¿Dónde están la apesadumbrada intensidad y el peso que habían ahogado su relación? Ella los había disuelto. Ahora todo es claridad cristalina, casi como de hombre a hombre.

¿Qué ocurría con el vestido verde claro y los brazos desnudos de marfil, la pulsera de coral y su mano en el brazo de ella, y los ojos verdes de él, y la sensualidad de su rostro y su caminar? Deleite, deleite y nada más. La libertad de él, la libertad de ella. Ella acarreaba un mundo, así que no le pedía uno a él.

—Ve, querido, ve —dijo ella.

—Entonces puedo quedarme —contesta él, exultante por la fuerza de ella.

Y ella sonríe porque él no la vio el día anterior.

Se mudó al estudio. Ella lo acompañó, le hizo la cama y le colgó la ropa mientras él desempacaba, y fueron a comprar juntos. Clavaron un clavo con un zapato de él y jugaron a empezar su vida bohemia, y luego fueron al Dôme a tomar un café.

—¿Algún hombre te ha dicho alguna vez que querría destruirte? —le preguntó él—. Así me siento yo. Estoy obsesionado contigo. La conexión mental que tenemos me obsesiona. No puedo dejar de pensar en ella. Sé que jamás encontraré nada parecido en el mundo. Sé que esto sería el ideal. Quiero amarte. Ojalá no hubiéramos empezado por la conexión mental, ojalá no hubiéramos empezado por soñar juntos, pues ahora no puedo tocarte, hay un velo entre nosotros. Quiero tocarte, tenerte de un modo distinto al mental. Lo anhelo y aun así no puedo hacerlo. Tengo miedo de perderte, y no me satisfará la consumación artística de la que hablábamos. No quiero medias tintas; o todo o nada. Esta conexión entre nuestras ideas y nuestros sentimientos es demasiado obsesiva.

Allí sentados, la corriente física era leve, más bien un estremecimiento. Ella sabía que nunca la tocaría, y que, si la tocaba, jamás podría abrazarla. Así que saboreó cómo descendía y se agravaba el sonido cálido de su voz, como si quisiera penetrarla: «Quiero amarte». Saboreó la manera en que estaban sentados, con los hombros rozándose; ella era consciente del contacto, consciente de cómo sus ojos le acariciaban el contorno de su cuerpo, consciente del leve e irreal estremecimiento en él, un estremecimiento de la mente, una pasión de la mente, un mero anhelo.

Vivió aquel momento como una vida entera y larga con él. Habría ternura y aspereza, una sensación de belleza satánica y elusiva, sentimientos inalcanzables, intocables, irreales, que siempre se quedaban cortos, algo que siempre se quedaba corto, sutil, evanescente, molesto, incompleto; solo aquella débil llamada a la vida: «Quiero amar», con voz grave y atormentada.

Qué extraño que esa quietud fría se hiciera daño a sí misma al crear quietud fría a su alrededor. Estaba sentada a su lado, profundamente quieta, como encantada por una maldición —un veneno desconocido que se filtraba por sus venas—, igual que si el tremendo anhelo que sentían los hombres y las mujeres de fundirse unos con otros, de convertirse en uno, se hubiera cumplido en efecto en un modo diabólico; hombre y mujer, en efecto, en uno..., en Él.

Un día casi pudo amarla. Estaban en el parque, inclinados sobre la poesía de Blake. Ella sintió que estaba conmovido.

Pero entonces prosiguió con sus clases de botánica.

—Creo que está muy mal por tu parte que no conozcas los nombres de los árboles.

—¿Por qué tendría que conocerlos?

—Porque así los conviertes en tus amigos. Este árbol, por ejemplo, es un *platane*. Llegas y dices: «Hola, *platane*». Es más familiar.

—Pero, aunque sea un plátano, ¿podría tener los sentimientos de otra clase de árbol? ¿Por qué encasillarlo así?

—Es verdad. Este plátano tiene el carácter de un roble. —Sin embargo, continuó—: Este es una acacia blanca, este es un abedul.

Se le habían caído dos botones de la camisa y llevaba el torso descubierto. Pero ella no sentía lo que suele sentirse por un hombre con el torso descubierto. No sentía nada. El rostro de él resplandecía con intensidad extraordinaria, sus ojos reflejaban todas las sombras del follaje y del estanque. Levantaba sin cesar la cabeza, como si mirara al sol a la cara, con la boca rebosante de una sensualidad plena y sincera. ¿Cómo tanto fulgor podía ser frío en lugar de cálido y vivo?

Cuando ella estaba repartiendo los bocadillos que habían llevado, él dijo:

—Podrías salirte con la tuya con una buena dosis de modernidad. Respondes a la descripción que hace Lawrence de la mujer arrogante y modosa a la vez. Si solo fueras arrogante, serías insoportable.

Quedaron un momento en silencio.

—¿En qué piensas? —le preguntó ella.

—Pues... Él tenía una capacidad muy fascinante de entusiasmarse siempre por todo, de estar siempre lleno de curiosidad e interés. Me gustaba sacar un montón de ideas de los libros y presentárselas para ver el entusiasmo con que las acogía.

—¿Has recibido otra carta suya?

—Sí.

—¿También es infeliz?

—Estamos sumidos en una lucha muy grande, los dos.

—¿Volverás a verlo?

—Cuando los dos seamos muy fuertes.

—Léeme su carta.

Se la leyó.

—Es muy bonita —comentó ella—; casi tiene un tono clásico de tan contenida y tan inteligente.

—Te leeré la carta de Minnie.

—Suena a novela barata —opinó ella—. ¿Quién era?

—Es la persona con quien traté de vencerlo.

—¿Por qué le contrapones a una persona inferior?

—Un hombre superior puede despertar en mí un amor armonioso, pero no puedo amar a las mujeres que me atraen intelectualmente. Escucha, he escrito un poema para santa Ana y para ti.

Se hacía raro oírlo hablar de su propia falta de vida con intensidad lírica; resultaba raro verlo hacer poesía de ello. Sentada a su lado, volvió a sentir que la envolvía aquella falta de vida y que se convertía en una santa Ana, no en primer plano como la madre que vive en el hijo, sino al fondo, tras haber despachado la vida, dispensando comprensión, manteniéndose entera, sabia, consciente de todo, saboreando la poesía que hablaba de la resplandeciente muerte de él y de la posibilidad de su resurrección.

—Cuéntame más sobre él —pidió ella.

Intentaba trabajar cuando estaba sola, pero no lograba trabajar bien. En las relaciones humanas se da un dolor físico separado de todo control intelectual, un dolor recurrente e inesperado. Deseaba verlo, continuamente, como si la royera el hambre. Trabajaba, tenía la mente ocupada, pero todo el tiempo era consciente del dolor físico, en las venas, en la sangre, en la carne.

Le acudió a la cabeza una frase de Christopher Morley: «Nuestras mentes están prometidas». Vamos a anunciar que nuestras mentes están prometidas. Pero el cuerpo se rebeló. El distanciamiento de santa Ana no duró mucho. Se sentía ahora dura, ahora blanda.

Mientras tanto, las imágenes físicas de ambos parecían en armonía. La gente se fijaba en ellos por la calle; las miradas se detenían en los dos rostros. La gente sentía que estaban ligados. Y ahora que él disfrutaba de la excentricidad de ella en el vestir, le gustaba presumir de ella, y le complacía que la gente pensara que eran amantes.

Un día, ella quiso que las cosas se colocaran en su sitio definitivamente, incluso si había que pasar por el alivio de la ruptura.

Se encontraron, ambos bruscos, tensos. Discutieron acaloradamente sobre otros temas para no tomar conciencia de sus sentimientos: ella, de su retirada y su temblor; él, de su insuficiencia.

—Tengo que encontrar a mi campesina —declaró él.

«Quien es incapaz de sentir —pensó ella— culpa al otro de forma inconsciente». Aunque él era muy honesto, se había creado inconscientemente una imagen falsa de ella como justificación, una imagen de una persona demasiado intelectual; la veía dividida y creía que en ella existía fragmentación cuando no la había, porque la fragmentación se encontraba en él. Creaba una filosofía contra las mujeres como ella, que eran demasiado fuertes para él. A ella no le importaba que la malinterpretara; lo que le molestaba era que creara esa filosofía falsa: las mujeres intelectuales no tienen la naturaleza de las auténticas mujeres; por tanto, no hacen que surja la masculinidad en los hombres y los debilitan. En otras palabras, la mujer actual era la responsable de la existencia de hombres como él.

Él escribió un poema de tal amplitud simbólica que inquietó a muchas personas. Cuando se publicó con ilustraciones, el librito reveló cuán fuerte era su ímpetu lírico y visionario. Fue el momento de su encumbramiento, un momento meteórico. Había plasmado en su poesía la lucha de su universo, e innumerables ecos le respondieron.

Su rica intensidad personal rompió su propia cáscara y sus propias obsesiones y tocó lo universal.

Ella volvió a animarse con aquel estallido. Cómo cantaba él a los fantasmas que lo perseguían. Su poesía desbordaba intensidad impersonal, era una cascada rica de resonancias. Y las palabras caían alrededor de ella como relámpagos seccionados con profunda luminosidad. Todo eso la envolvía, la poesía recitada de boca de él con voz maleable y escrutadora hasta lo más hondo, las palabras hipnóticas, los ritmos alucinógenos, iguales a los ritmos de la misma vida, y luego sus gestos, lanzados, hasta el más simple, con la seguridad sutil del instinto perfecto.

El día en que se encontraron, lo siguió con la mirada mientras se acercaba a ella con un placer que le acarició la superficie entera de la piel, igual que una brisa. No era como si él se dirigiera a una barrera física, situada un metro por delante de ella, o hasta la mesita de la cafetería, sino que parecía andar empujado por un ritmo más profundo, con delicada seguridad, a través de todas las barreras visibles y entrar en un reino íntimo y secreto de ella. Y así caminaba, reflexivo, y hablaba, persuasivo, fascinante, con el rostro cambiante, con ideas cambiantes, con ojos cambiantes, variables, que adquirían distintos colores, intensificados por todo aquel poderío persuasivo y felino.

La luminosidad, la índole de canto lírico de sus acciones y de su trabajo y de su voz y de sus movimientos eran siempre inquietantes, frustrantes, y provocaban un temblor en la carne.

La gente diría que tenía encanto.

Ella alquiló una casa vieja en el campo para sus momentos de trabajo intenso. La casa necesitaba con urgencia una mano de pintura. Empezó por una habitación pequeña del desván. Cuando se lo contó, él quiso ayudarla.

Se puso un delantal y le dio otro a él. Llevaba ropa vieja y guantes de jardinero.

—Vas vestida como una campesina —le dijo él, riéndose, mientras ella mezclaba la pintura.

—Tú también tienes un aspecto algo primitivo, con esa barba descuidada.

Comían en el pueblo con los jardineros y los albañiles. Él llevaba libros en el bolsillo, pero no hablaba de ellos. Al acabar el día, tomaban un tren a casa.

Trabajando codo con codo alcanzaron un nuevo reino. Al ir vestida con ropa vieja y modesta, quedaba despojada de la artificiosidad y, por tanto, de los atributos de su nueva vida, edificada por ella misma y ajena a él. Se parecía mucho más a la niña de ojos asustados que él viera por primera vez.

Así pues, en aquella habitación pequeña, con su techo bajo e inclinado y su ventanuco, de pronto él se erigió más grande y tiránico, y ella pareció hacerse pequeña y dócil.

—No quiero aceptarte como mujer sibilina, sino como una que debe crecer conmigo de nuevo, desde cero, desde el principio —le confesó en un arrebato de franqueza—. Repudio a la mujer en la que te has convertido.

—Pero ¡la mujer en la que me he convertido te hace ser un amigo mucho mejor!

No obstante, a ella le divertían sus exigencias. Se dio cuenta de que él estaba fabricándose arduamente una imagen de ella para poseerla en exclusiva.

Él no dejó de intentarlo. Trataba de derrumbar cuanto ya estaba allí, la nueva madurez de ella, su agudeza, su escritura, para moldearla y formar algo que encajara en su vida y en sus planes: una mujer pasiva y sin creatividad.

La criticaba con dureza porque pensaba que la habían querido y consentido demasiado, y deseaba tratarla de otra manera e imponerle sus opiniones y sus valores.

—Quiero que seas más real conmigo —le dijo él.

No quería decir «más real», sino más sometida a sus valoraciones.

Dejaron de pintar, se quedaron con las brochas en alto, y gotas de pintura rosa cayeron al suelo sin que ninguno les prestara atención.

Ella estaba explicando que se hallaba dispuesta a rechazar todo lo que había conseguido y a comenzar de nuevo si realmente él creía que los progresos de ella eran falsos. Ella sabía que era la mujer más sabia la responsable de mantener el equilibrio en una relación tan compleja. Sin embargo, comprendió que él no disfrutaría de una sabiduría conquistada sin él.

Por fin, él fue consciente de que deseaba que ella se sometiera a una afirmación simbólica de él, y ella fue consciente de la profunda alegría del sometimiento. No quería nada más que empezar una vida con él, desde cero, y que encontraran juntos la sabiduría.

De modo que dejó de lado toda su antigua sabiduría, sus experiencias, sus recuerdos, su seguridad, su trabajo creativo, y se hizo más pequeña y sumisa y renunció a todo aquello que él repudiaría.

Él siguió pintando y cantó para enmascarar su perplejidad, pues ahora que él se había afirmado a sí mismo y ella se había sometido, ya no sabía qué más hacer, ya que todo era un sueño, una empresa mística sin plenitud humana.

Ella también continuó pintando, con la cara vuelta hacia otro lado para ocultar el triunfo de haber sido conquistada.

En la parada del autobús, donde sus caminos se separaban, él reconoció, generoso:

—Al fin y al cabo, hoy has estado sibilina.

Ella se recompuso en una honda quietud. Todos sus gestos, todas sus palabras y todas sus actitudes eran de afable asimilación. Sin embargo, él no sacó provecho de la afabilidad que halló.

Una luz extraña se le concentró en los ojos mientras la observaba. Ella había escondido su vívido mundo personal de la vista de él; parecía haber silenciado la brillante actividad de sus invenciones y fantasías. Cuando hablaba, adivinaba constantemente los estados de ánimo de él y los veneraba.

Él empezó a advertir su incapacidad para amarla como mujer, y el dolor que ello provocó estalló con toda su fuerza. De sus negras cavilaciones emergió una secuencia larga de frases punzantes, discusiones y burlas.

—¿Cómo puedes ser enteramente mía si tienes tu propio mundo interior y no vas a renunciar a él? ¿Cómo puedes amar mi trabajo si también amas el tuyo?

De repente, ella se dio cuenta de que su tiranía no era la de un amante, sino la de alguien que no puede amar. Se dio cuenta de que él quería sentirse fuerte debilitándola a ella.

Lo había ayudado con tantas ganas a buscar una filosofía que no le importó que construyera una que la destruyera a ella, y tampoco le importó si la redención de él significaba repudiar cuanto ella había sido, era y seguiría siendo. Pero, al verlo construir esa fuerza falsa, se dio cuenta de que la debilidad de ella no lo hacía fuerte, sino que él se sentía fuerte solo porque tenía el poder de atormentar.

Estaba obsesionado con su propia incapacidad de poseer lo que admiraba, de domeñar y constreñir, y por eso gritó:

—¡Sé pequeña, sé espeluznante, sé cálida e idiota, y así podré sentir mi propia fuerza!

No sabía que era el hombre quien debía tomar y doblegar lo que deseara, y no la mujer quien tuviera que bajar la cabeza.

Ella no bajaría la cabeza. Estaba cansada de un hombre que podía temer la fuerza de una mujer. Regresó a su mundo con placer. Horizontes amplios, aire, espacio... Qué dulce era la libertad.

Le dijo que se fuera al infierno.

Él se magulló al chocar contra el nuevo talante de ella y se entusiasmó.

—¡Qué maravilla encontrar un igual en ti! —exclamó.

A ella le había resultado bastante agotador. Había requerido un gran esfuerzo.

—Me siento tan atraído por ti en este momento...

Pero ella estaba atrincherada en su propio mundo. Ya al pronunciar las palabras había parecido asustado de que ella las creyera.

Iban caminando juntos como buenos amigos. Ella cargaba con el peso de las confidencias de él.

—Hay una mujer —dijo él—. Es pintora.

Lo miró a la cara, esquiva y sensual, y al cuerpo felino. Lo vio merodeando alrededor de aquella mujer, merodeando y mostrándose fascinante, amable, encantador, cruel, complicado. La vio a ella cambiar para adecuarse a sus estados de ánimo.

—Intenta no hacerle daño —le dijo ella.

Pero sabía que le haría daño. Para él era un placer. Era el único placer que sentía con las mujeres.

Pero el placer era lo de menos. Lo importante era que todos los sentimientos convergieran en él, lo que lo hacía en definitiva autosuficiente, y que ella fuera autosuficiente por la preponderancia de la artista, de modo que la sabiduría despertara en ambos a pesar de la experiencia no humana. Ella vio la plenitud simbólica en él, que ansiaba la compañía solo en ciertos momentos, y él vio la plenitud simbólica en ella, que vacilaba solo en ciertos momentos. Aquel conocimiento recién adquirido ganó en nitidez porque los dos, al esculpir su carácter, habían arrancado de sí la debilidad y el dolor a fin de alcanzar la comprensión de algo que nadie se había molestado en comprender por miedo a la soledad.

Alquimia

Llamaron a la puerta con tal vehemencia que la sirvienta resbaló y cayó mientras iba a atender. Abrió sin aliento la enorme portalada de hierro. El perro policía anunció a los visitantes con un aullido exasperado.

—¿Es aquí donde vive el «gran escritor»?

—Sí —respondió la sirvienta—. Pasen.

—Sabía que tenía que ser aquí —dijo uno de los visitantes—. He reconocido la puerta que describe con todo detalle en *Caravanas desesperadas*.

—Y sin embargo, no es exactamente la misma —comentó otro—. Fíjate bien en esta: es de color verde turquesa, sí, pero es alta y convencional. En cambio, mira la del vecino. Es gris, pero observa la forma: más pequeña, algo irregular, y tiene un aire achaparrado y secreto. Si recordáis la descripción exacta del libro, decía: «... era una puerta verde turquesa con un aire secreto y achaparrado...».

—Vengan por aquí —invitó la criada.

—Creo que también reconozco a los sirvientes —comentó otro visitante—. Recordad, en *Paredes temblorosas*, a la muchacha que esperaba en aquel bar de carretera: tenía pecas y arrugas, aunque era joven, y la misma actitud apocada...

—Pero tenía la voz sorprendentemente hermosa. La descripción de la voz era extensa, ocupaba una página entera. Y esta chica tiene la voz apagada.

Entonces apareció otra sirvienta y anunció con voz alta, limpia y mielodorosa:*

—El gran escritor dice que pueden pasar a la biblioteca.

Allí los recibió la mujer del «gran escritor», que dispensaba hospitalidad con aire religioso. Tenía unos modales muy desgastados, muy aburridos. No podía ser la mujer que él siempre describía como fosforescente. Sin embargo, su manera de preguntar a los invitados era tan aguda y traslucía tanta curiosidad que en pocos minutos creó un clima de confianza e intimidad.

—Mire —empezó el mayor de ellos—, llevamos tres años leyendo la obra de su marido, todos los libros que le han publicado. Nos entraron muchas ganas de saber quiénes serían los personajes en la vida real y cómo serían los lugares que describe. Hemos seguido todas las pistas posibles. Incluso sospechamos que se describió a sí mismo en *Los sótanos inundados*. Al fin nos hemos decidido a venir y preguntárselo a él. Es mucho más fácil que estar haciendo conjeturas. ¿Cree que querría?

—Supongo que no le importaría —respondió la mujer—, pero mucho me temo que no les contaría nada. Es que no es muy sociable. De hecho, nunca ve a nadie. Yo soy la única que va a verlo.

* *Mielodorosa* (*mielodorous*): palabra de dudosa alquimia procedente del laboratorio de J. Joyce.

—¡No puede ser! —exclamó otro visitante—. Pero ¡si se lo considera el escritor que ha creado la galería de personajes más rica y variada!

—Sí, eso se le da muy bien —dijo la esposa.

—¿Cómo lo hace? —preguntaron los visitantes al unísono.

—Tómenme a mí, por ejemplo —repuso la mujer—. Le he servido de modelo para Anne, Mirabel y Cynthia. En el caso de Anne, reprodujo mi manera de lanzar preguntas directas y peliagudas. Pero me puso una cara que había visto en un maniquí de cera de un escaparate. «Me» vistió según le sugirió un artículo que criticaba la ropa excéntrica. Así empezó Anne, y hacia el final del libro se volvió un personaje muy difícil y dañino. Y ya pueden ver que yo...

—Lo vemos —convinieron los visitantes con amabilidad.

—Con Cynthia ocurrió algo distinto. Yo hablaba mucho de mi infancia. Se la expliqué entera, le detallé el trasfondo, analicé la personalidad de mis padres, esbocé a la gente que venía a visitarnos y a mis profesores, le leí mis diarios de juventud, le mostré los libros que leía y lo que señalaba en ellos. Y de repente empezó a escribir un personaje totalmente opuesto: otro trasfondo, otra chica, otras circunstancias, otros padres. Todo lo que yo le conté le inspiró la creación de lo contrario. Cynthia es un personaje extraordinario, ¿no creen?

—Muy fiel a la realidad —manifestó un visitante.

—Desde luego, si la hubiera descrito a usted, también habría resultado un personaje extraordinario —añadió el visitante más joven y el más impresionable.

—Bueno, eso lo hizo después, y entonces nació Mirabel.

—Pero ¡Mirabel no se le parece en nada!

—No lo sé —dijo la mujer—. Creó a Mirabel con la intención de que fuera igual que yo. Comenzó de un modo maravilloso. Ahí estaban mi aire de cansancio, mi aburrimiento refinado, mi pelo fino y mi costumbre de pensar en voz alta. Pero, cuando lo puso todo por escrito, se dio cuenta de que una persona extraña como Mirabel no podía casarse con un hombre como él mismo. Me lo explicó todo. Dijo: «Coge dos personas como esas, las dos inteligentes y analíticas, y ponlas a vivir juntas. Madre mía, se pasarían el día analizando las emociones del otro hasta que las agotaran. Y sería muy latoso describir esos análisis. Tengo que darle a Mirabel un hombre con impulsos e intuición, pero carente de conciencia». Y eso hizo. Y cuando Mirabel se casó con ese hombre, se convirtió de manera natural en otra mujer, y al terminar el libro poseía una intuición y una naturalidad maravillosas junto con un entusiasmo juvenil por un modo inútil de vivir. Y ahí tienen a Mirabel.

—Muy fiel a la realidad —comentó un visitante.

—Pero ¿por qué siempre sus esposas son tan poco comprensivas —inquirió el más joven— si usted...?

—Es muy amable al darse cuenta de que soy comprensiva. Pero hay una explicación. El episodio más extraordinario en la vida de mi marido fue una pasión ilícita que experimentó por una mujer muy poco comprensiva, una mujer encantadora. Los nervios por ocultármelo (yo no le dije que lo sabía porque no quería fastidiarle la diversión); el tormento de verse empujado ahora hacia un lado, ahora hacia otro; la novedad de sentirse pernicioso y sin equilibrio, poderoso y peligroso, fueron las emociones más estimulantes que ha conocido jamás. Cuando superó la pasión por ella, retuvo las emociones, pero, al transferirlas al papel, las entrelazó con lo que sentía por mi comprensión, y mediante esa alquimia obtuvo cierta experiencia intensa y madura que utilizó y en la que se inspiró muchas veces después. Pero entonces, en los libros, dicha combinación de comprensión y pasión, para que quedase realzada adecuadamente, se la adjudicó al personaje de la amante, y la antigua amante se convirtió en el modelo de la esposa. Y ahí lo tienen.

—Maravillosamente fiel a la realidad —apuntó un visitante que se sentía incómodo y no supo qué otra cosa decir.

—No era fiel a la realidad cuando lo escribió —explicó la mujer—, pero sí lo fue después, ya que mucha gente que leyó el libro empezó a descubrir sentimientos semejantes en su interior y a buscar alrededor a una amante.

—¿Y los sentimientos tan maravillosos que refleja hacia los niños? ¿De dónde los ha sacado?

—Tenemos un caniche blanco —aclaró la mujer—. Es la cosita más tierna, más cariñosa y más traviesa que existe. Mi marido lo baña, lo cepilla, juega a la pelota con él, y muchas veces dice: «Puedo entender los sentimientos que despertaría un bebé. Míralo: cómo me mira, indefenso y lindo, boca arriba, cómo alarga con inocencia las patitas delicadas hacia mí».

La mujer les regaló unos ejemplares firmados del último libro del gran escritor y los acompañó hasta la portalada.

Cuando se giraron hacia la casa, vieron una larga cinta de humo que ondeaba desde la chimenea.

—Está mezclando los ingredientes —dijeron.

Tishnar

París estaba envuelta en niebla blanca, que se había replega-
do en las sombras profundas volviéndose impalpable. Frente
a la mujer emergían rostros inesperadamente, pero todos
eran vagos. Se topaba con sombras negras que podían haber
sido hombres de otros tiempos. Los sonidos eran amortigua-
dos y extraños. Caminaba por calles brumosas sin final y do-
blaba por esquinas que desembocaban en jirones flotantes de
niebla. Vio libros en sus cajas tirados en mitad de la acera,
pero no pudo leer los nombres. En su camino también se
interponían las mesitas de las cafeterías, aunque vacías y mo-
jadas. Estaba aislada del resto del mundo y no tenía casa. Su
cara resultaba vaga para otros, su silueta era como una sombra, y su voz carecía de eco y de calor, y sus ojos habían perdido el brillo, y su caminar era más bien un deslizarse, silen-
cioso y muerto.

Había buscado un momento como aquel por todo el mundo, en el que pudiera estar completamente sola, en el que
nadie leyera en su cara pensamientos que no podía ocultar,
donde nadie reparara con claridad en que su andar era lento
y triste ni echara en falta el sonido de sus pasos cuando no
fuera capaz de caminar más, un lugar donde existir olvidada

y perdida. Había buscado quedarse al borde de otro mundo, donde su voz no produjera ningún sonido cálido, donde sus pasos no se oyeran, donde pudiera recorrer calles sin final y ver con ojos apagados una vida que no pudiera tocarse ni sentirse como nuestra.

La lluvia sobre su cara era real, así como el viento que soplaba a su espalda, pero ¿qué espíritu la movía a ella? ¿Y por qué tenía que sobresaltarla y asustarla el sonido de las voces reales? Le gustaba estar sola notando la lluvia en la cara, y la niebla, y el viento a la espalda. La gente que ríe debería pasar de largo, igual que la gente que habla. Buscaba un mundo sin color ni sonido, donde nadie pudiera advertir que tenía los dedos trabados en los sueños y que sus ojos no veían más que sombras.

La niebla se había levantado muy despacio, como un telón muy viejo en un teatro muy viejo. Se encontró en la parada del autobús con un billetito en la mano, y mucha gente que esperaba junto a ella.

El autobús iba muy lleno y empezó a alejarse con dificultad de la Ópera entre crujidos, patinazos y traqueteos. La lluvia lo azotaba todo, silbando y golpeando en el asfalto. Las personas, sentadas, se miraban entre sí y a las ventanas chorreantes. Olía a paraguas, y a caucho, y a lana y a cuero mojados, y a puros y a perfumes baratos.

Las luces del autobús resplandecían amarillas y mortecinas. Ojos opacos miraban adelante y atrás, ojos opacos en cuerpos apiñados.

Nadie bajaba.

El cobrador estaba en un extremo de la plataforma con el cuello alzado. Sin parar, entre chirridos, entre giros repentinos para evitar otros coches, entre languideces repentinas cuando subía una cuesta, el autobús huyó de la Ópera.

Nadie bajaba. El cobrador había colgado el cartel de COMPLET. El autobús pasaba por todas las calles que ella conocía, las atravesaba deprisa y despreocupadamente, y había más personas bajo las farolas, dóciles, con la cara empapada de lluvia. Se levantó y corrió hasta la plataforma. No encontró ningún timbre...

—Por favor —le dijo al cobrador—, ¿puede parar? Quiero bajar.

—Este autobús no para nunca —respondió el hombre—. Debe de haberse equivocado..., quizá por la niebla. Le pasa a mucha gente. Solo hacemos este viaje una vez... ¿No ha visto el rótulo de la parte delantera?

—¿Qué pone en el rótulo?

—«Otro mundo» —repuso el conductor.

—Pero yo no quiero ir allí —replicó ella—. En realidad, no quiero. Solo ha sido un deseo, solo un deseo... Quiero volver a la Ópera. Déjeme bajar. Mire, hay un montón de personas esperando para ocupar mi lugar.

Entonces alguien corrió detrás del autobús y subió de un salto al peldaño y se colgó de la correa un momento. Ella vio el rostro que había esculpido tanto tiempo en su mente y había querido encontrar y amar toda su vida.

—Complet! —gritó el cobrador, enfadado, empujándolo afuera y haciendo sonar el timbre como un loco para indicar que el autobús continuaba la marcha.

Y el hombre se quedó en medio de la calzada, mirándola mientras la lluvia le caía a chorros por la cara.

El idealista

Desde el primer día, Edward supo que estaban dibujando a la persona equivocada. Toda la clase miraba a la modelo que les habían asignado, una mujer de piel muy morena que, de cintura para abajo, daba la impresión de estar sólidamente arraigada en el suelo: la carne parecía hundirse, tenía los pies plantados con fuerza en la tarima, y los hombros y brazos le pendían como si pesaran mucho. Pero la mujer a quien él miraba y a quien dibujaba a hurtadillas estaba delante de él; era como si se hubiese detenido allí un momento mientras iba de camino a hacer otra cosa, de modo que Edward, por miedo a que no acudiera al día siguiente, empezó de inmediato a pensar cómo entablar conversación con ella. Tenía el rostro sereno y la mirada virtuosa y concentrada en la modelo, y sus dedos dibujaban correctamente lo que veía, pero aun así Edward notó que manaba de ella cierta inquietud y cierta autosuficiencia, como si llevara su propio mundo dentro de sí y no necesitara aferrarse a ningún grupo ni lugar.

—Espero que vuelvas mañana —soltó de repente, con torpeza, al no haber encontrado nada más inteligente que decir.

Ella lo miró un instante con aspereza y le preguntó:

—¿Por qué?

Le mostró el dibujo que había hecho de ella.

—No lo he terminado, ya lo ves.

—Te has equivocado de modelo —repuso ella sonriendo.

—No, creo que se han equivocado los demás.

—Es verdad que la modelo es difícil de dibujar; hay muchísimo que quitar.

Edward estudió su dibujo, en el que la modelo estaba refinada en exceso.

—Veo que tiendes a las mejoras y la anemia —comentó, y temió haberla perdido. Se puso contento al verla reír.

—¡Me alegro de que seas tan franco! Mañana puedes ayudarme a ser realista. *Au revoir.*

Al día siguiente, ella llegó a las nueve y media. Edward reparó en que llevaba un vestido azul oscuro de terciopelo con el que parecía un paje salido de un relato medieval. Su sombrero era desenfadado y de formas suaves, y cuando lo colgó en el pasillo entre los demás, sencillos y de colores neutros como el beis y el marrón, tenía un aire antiguo, y Edward pensó que, igual que la clase se había equivocado de modelo, ella se había equivocado de siglo. Pero, como él vivía en este siglo y era perfectamente capaz de apreciarla, nada se desperdiciaba.

Ella le sonrió, pero estaba pensando en otra cosa. Aquel era el misterio que estaba decidido a resolver: adónde iban sus pensamientos cuando no se centraba en el dibujo. A otros siglos, no; llevaba un libro de Cocteau. Pero tenía una forma temerosa de mirar a lo alto, por encima de las cabezas de la gente y a través de las paredes.

A Edward no se le ocurrió nada mejor que criticar la calidad de su tiza y sus lapiceros, y le aconsejó un sitio donde comprarlos. Dulce y dócil, después de la clase fue a la tienda a encontrarse con él. Edward contemplaba con deleite cómo compraba, hablaba, se movía, incluso discutía. Era real. Hasta era capaz de contar deprisa el dinero.

Cuando salieron, llovía. Edward se estremeció de la forma más realista que pudo y dijo con un tono de profunda congoja:

—Qué bien me sentaría ahora un café. ¿Has estado en el Viking?

Su modelo se miró el reloj de pulsera.

—Tengo mucho tiempo. Vamos.

Le sorprendió mucho la respuesta, y eso que la había deseado en lo más hondo de su ser. Así pues, conocía el Viking; estaba acostumbrada a tomar café, acompañada, y hasta sabía cuánto tiempo se tardaba en total. Edward había olvidado que estaban en Montparnasse, a dos pasos de la Grande Chaumière.

Ella le dijo que lo conocía por ser el autor de algunos esbozos impresionistas muy vívidos de la vida nocturna, de las mujeres de los mercados, de chatarreros y policías.

Él le contó todo lo que le gustaba de ella. Y tres veces le repitió la misma pregunta con una mezcla de curiosidad y ansia:

—¿Así que has estado aquí a menudo?

—Sí, muchas veces. ¿No es normal?

—No —respondió él, algo mohíno.

—Pero ¿por qué no? ¿Por qué no? Estoy viva, Edward Lunn, soy moderna. Lo que pasa es que te has tomado una licencia de pintor y me has datado mucho más atrás. Una cara de 1830, has dicho. Puede ser. Pero mi cabeza, no.

Se inclinó riendo hacia él y le tocó la mano como para recalcar su humanidad. Él se azoró tanto que ella retiró la mano de inmediato.

—¡No me digas —prosiguió ella— que idealizas a las mujeres y que ves una aureola de poesía alrededor de mi cabeza!

—La frivolidad actual no te va en absoluto —repuso Edward—. Es una pose.

—Perdona —dijo Chantal—. Te estaba tomando el pelo. Estabas soñando. Lo he dicho para romper el hechizo. Siempre lo hago para romper el hechizo. Me he vuelto suspicaz con respecto a los sueños. Yo antes soñaba mucho, y mientras tanto un montón de cosas bonitas, reales, pasaron de largo por delante de mí.

—Yo odio las cosas reales —replicó Edward, mirando con hosquedad a la gente de alrededor.

Chantal se dio cuenta de que no la había entendido.

Intercambiaron libros y reflexiones mientras paseaban por los Jardines del Luxemburgo bajo un solo paraguas. Hablaron de psicología en las mesitas de las cafeterías del Boul'Mich. Compartieron el amor por la pintura mientras trabajaban codo con codo en la Grande Chaumière. Y mientras iban a la caza de libros raros en los muelles, sintieron la emoción y la fiebre de la comunión mental.

A Edward, París le era menos conocida que a Chantal, que había nacido allí. Ella esperaba a veces en las esquinas, con una leve sonrisa vigilante, mientras él hacía sus descubrimientos. Eran descubrimientos muy antiguos. Alguna que otra vez a Chantal le daban ganas de burlarse de ellos. Las reacciones de sorpresa y deleite de Edward eran las de un niño. Luego Chantal se daba cuenta de que estaba descubriéndose a sí mismo, y se quedaba en silencio, con la mirada dulce, paciente. Edward había dibujado las cosas exactamente como las había visto, con tanta intuición que eran capaces de transmitir a los demás el significado que contenían. Pero lo que transmitían iba más allá del conocimiento y la comprensión de Edward. Sus pequeñas mujeres tenían los ojos intensos y caras que uno podía imaginarse alteradas en cualquier momento a causa de un disfrute violento de los sentidos; los hombres lucían sonrisas sardónicas, y la gente de la calle, el escepticismo y la madurez de una raza antigua. Pero todo radicaba en la precisión de su dibujo, y ni él mismo tenía la llave que desentrañaba el significado de su obra.

Chantal lo llevó al Salon des Humoristes, y se rieron juntos. Puso muchos libros franceses en su camino. Vio que Edward vibraba con un nuevo concepto de vivir sin miedo y que la mente se le volvía más brillante y flexible. Él se dio cuenta de que de las manos de Chantal salía un conocimiento cálido, pero siguió considerándola una aparición legendaria.

Una mañana en que todos estaban trabajando con atención, Chantal advirtió que la modelo temblaba un poco. Instantes después se dejó caer en la tarima, se agarró la cabeza con las manos y sollozó. Una persona de la primera fila corrió hacia ella con su quimono y la tapó.

—¿Tienes frío? —le preguntaron, pero ella continuó sollozando y balbuceando.

Chantal se le acercó. La modelo era rusa y hablaba poco francés, pero al fin logró explicar que llevaba tres días sin comer. Chantal le pidió que tuviera un poquito más de paciencia y corrió a una cafetería, de la que regresó con un chico que llevó café, oporto y una cesta de bollos. El chico se quedó mirando a la modelo. Chantal lo mandó de vuelta. Toda la clase chismeaba y comentaba, pero solo tres personas estaban con la modelo. Edward parecía descompuesto. Ella seguía como la había dejado Chantal, sentada sobre las rodillas y con el quimono abierto, sin molestarse en anudárselo.

En general, todos habían mostrado una cruel indiferencia hacia la modelo mientras la dibujaban. Era como un mueble más. Muy pocos estudiantes hablaban con ella. El hecho de conocer su cuerpo tan íntimamente parecía anular su valor como individuo. Pero en aquel momento, mientras lloraba y se comía un bollo con la cara hinchada y el quimono suelto, de repente se convirtió en una persona que despertaba sentimientos. A Chantal le dio lástima. Edward no decía nada, pero tenía cara de preocupación. Una mujer la envolvió bien en el quimono.

—No vayas a coger frío —le dijo, y se marchó.

Un apacible señor mayor se ofreció a hacer una colecta para ella.

De improviso, Chantal notó un cambio en la expresión de Edward. Contemplaba el cuerpo de la mujer, que aún jadeaba un poco. Su mirada no era la misma que cuando dibujaba.

Al cabo de un rato, todos reanudaron el trabajo. Pero Chantal ya no pudo dibujar más. Había estado sombreando los pechos, realzando su volumen y el ángulo en que caían, un poco ladeados, como frutos muy maduros. Pero ya no era capaz de ver líneas puras. Le parecía que los pechos seguían agitados y temblorosos. No entendía por qué había querido apartarse cuando la modelo le había tomado la cara con las manos húmedas y le había susurrado al oído.

Edward también dejó de trabajar.

—Ya he terminado por esta mañana —dijo sin mirarla.

Unos cuantos salieron juntos de la sala y dejaron algo de dinero en la tarima, pero no miraron a la modelo.

Una noche, Edward acudió al estudio de Chantal. Estaba inquieto y tenso, no parecía querer sentarse, como acostumbraba hacer, al lado de los libros. Miró por la ventana a la oscuridad y por fin se plantó enfrente de Chantal.

—Supongo que te has dado cuenta de que estoy obsesionado con esa mujer —le espetó de golpe, sin mirarla.

—La modelo —musitó Chantal, como para sí.

Miró a lo lejos, más allá de él. Y Edward, creyendo que buscaba sus ojos, agachó la cabeza.

—Pero seguramente no puedes entender qué significa para mí. Me ha enseñado gozos, gozos de cuya existencia ni siquiera sospeché jamás. No parece haber otros momentos de mi vida que valga la pena recordar, no, ni siquiera cuando hice mis mejores trabajos, y sabe Dios que pensé que había alcanzado el culmen del éxtasis. Lo que siento por ti es totalmente distinto: es religioso. Déjame hablar contigo, Chantal. Te necesito.

—Puedes hablar conmigo.

—Perdóname por hablar de ella, pero estar aquí contigo es la única paz y tranquilidad que conozco. La otra es como una fiebre que me agota, una fiebre maligna, una sed tremenda. La necesito tanto, la deseo tanto... Voy a verla. Pasamos el día juntos en su habitación, pero cuando me marcho no me siento satisfecho, pese a que he sido inmensamente feliz. —Se sentó en el borde de una silla y suspiró—. Es extraño, aquí me siento más libre. Es el aire liviano de tu inteligencia, de tu voluntad sosegada. La otra mujer me domina, a mí y a todos mis sentidos. No puedo pensar. No puedo trabajar. Solo puedo disfrutar de ella; solo soy consciente de ella. De algún modo, ese olvido tan poderoso es dulce, terriblemente dulce. No puedo dejarlo, no puedo dejarlo.

—Lo sé, lo sé. —Su voz era muy afable; casi arrullaba las palabras.

—¡No puedes saberlo! Tú percibes las cosas, las entiendes, siempre dices la palabra justa, eres sanadora, pero no puedes saberlo. Es como si el mundo entero explotara. Nada importa, nada tiene significado, excepto esa intoxicación de los sentidos. Y la mujer, no te lo creerás, me previno de sí misma el primer día. Me dijo: «Vete antes de que te enseñe gozos que nunca te darán el tipo de mujeres a las que admiras. Vuelve con tus queridos y honestos compañeros». Me lo decía con desprecio. Me quedé. Me costó horrores no ponerme sentimental. Es muy cruel, y yo no quería que me encontrara ridículo. ¿Sabes qué le mandé ayer en lugar de flores? Un radiador eléctrico. Tenía frío en su habitación del hotel. ¡Un radiador!

Se reía. Se levantó y se puso a andar por la habitación. De pronto se dio cuenta de que Chantal no se había reído.

—¿Por qué crees que no puedo entenderlo? He conocido todo eso que cuentas. He sufrido la anulación de mi voluntad. He conocido ese olvido...

—¿Tú, Chantal, tú? Pero tu cara..., tu cara tan extraordinariamente pura...

—Deja en paz mi cara a partir de ahora —le espetó, seca.

Edward se sentó, destrozado.

—¿No te alegras —preguntó ella con mucha dulzura— de que por eso pueda entenderte hoy?

—¿Alegrarme? ¿Alegrarme? ¿Cómo quieres que me alegre, si acabo de perder el ideal que tenía de ti?

—Vaya, pues yo sí que me alegro de eso —repuso Chantal, con una actitud muy tierna y humana, inclinándose un poco hacia delante, esperando.

Pero él no lo entendió.

Las plumas del pavo real

Había una casa blanca con enormes ventanales siempre abiertos que daban al mar sobre las copas de las palmeras. Ella había nacido en un lugar como aquel.

El camino blanco partía del corazón de la casa y llevaba, colina abajo, al mar. Lo flanqueaban cactus llenos de pinchos, de dedos largos, retorcidos, gruesos y lanudos, impasibles ante la brisa marina. Por encima de los cactus eternos, los brotes de bambú temblaban juntos, fruncidos perpetuamente por el viento.

En la casa blanca había una señora que tenía pájaros de todas las partes del mundo, pájaros de plumaje cambiante, canto cristalino y movimientos aterciopelados que de día transitaban los senderos estrechos y de noche se quedaban muy quietos. Todas las noches, la música revestía el sonido del mar.

Aquella noche, el mar estaba casi dormido, y los pájaros y la brisa habían enmudecido. Una voz femenina y aflautada penetró en el jardín, recorrió el camino en círculo y trinó hacia el espacio. La casa blanca estaba llena de gente que se congregaba cerca de las ventanas para respirar el aire erizado con la corriente de apretadas estrellas tropicales.

Las mujeres, ataviadas con ceñidos vestidos de seda, suspiraban cuando sentían en el pecho la caricia de la voz de la cantante. Los hombres se inclinaban ligeramente hacia delante, atentos.

El marido de la cantante estaba en la enorme puerta abierta con un pie en el sendero de grava. Era el único que no la miraba. De la oscuridad del jardín salió un pavo real que anadeó despacio hasta situarse en el largo haz luminoso, con la cola desplegada.

Caminó hasta la puerta abierta, pensativo. El marido lo miró; el pavo real se acercó más a la voz, escuchando. No se movió de allí hasta que la canción cesó. Solo cuando estallaron los aplausos, cerró la cola y regresó a la penumbra.

Al día siguiente, el pavo real estaba muerto.

La dueña de la casa mandó coger las plumas del pavo real y se las envió a la cantante con una nota.

La cantante las recibió con un grito:

—¡Oh, estoy segura de que traen mala suerte! Pero son demasiado bonitas para tirarlas. Y además —le dijo a su marido—, creo que anoche fue conmovedor cómo ese pavo real me escuchó cantar.

Y escribió a la dueña de la casa una nota de agradecimiento.

Colocaron las plumas en un jarrón contra la pared naranja de su habitación.

Su marido no reparó en ellas. Desde hacía un tiempo intentaba no reparar en nada relacionado con ella. En otra época la había amado por su voz y había entrado en una sala de conciertos igual de hechizado que el pavo real. Había ido al camerino de la artista, donde una multitud le rendía profusa admiración. Le había pedido que lo acompañara, a solas, a un sitio tranquilo donde hablar de música. Durante sus viajes, él había recuperado unas canciones italianas muy antiguas y desconocidas para la mayoría. Ella se había reído y había dicho:

—Es que esta noche unos amigos han organizado una gran cena en mi honor. ¿Por qué no nos acompaña?

Él se había marchado con el mismo paso lento del pavo real cuando oyó el aplauso. Volvieron a encontrarse en un lugar de Italia, donde ella había ido a cantar, y él se le había acercado después de la canción y le había dicho que la amaba.

Llevaban muchos años casados, y él nunca la escuchaba cantar, pues al terminar la actuación siempre se congregaba mucha gente en torno a ella, a quien le encantaba todo lo que le decían y se lo creía. Cantaba para ellos y por ellos, por las cosas que le decían cuando se agolpaban a su alrededor y brindaban por su triunfo.

Aquel día, cuando las plumas del pavo real llevaban solo unas horas en el jarrón, él se sentó y le escribió una nota de despedida, y se sumergió en los jardines en penumbra y en el silencio.

Ella miró las plumas y dijo:

—Son la causa de mi desgracia.

Pero continuó cantando. En Egipto conoció a un músico joven y cantó las canciones que él componía a fin de enamorarlo. El joven empezaba entonces su carrera. Ella no le permitió seguir trabajando, sino que le exigió que le dedicara todo su tiempo, y él no tardó en dejar de componer y se limitó a seguirla allá adonde la llevaran sus giras. Ella se cansó de su adoración y empezó a cantar las canciones de otros compositores jóvenes. Entonces, en un concierto muy importante, delante de todo el mundo, se suicidó mientras ella cantaba, dando al traste con su triunfo.

«Es por culpa de las plumas del pavo real», pensó.

Las habría tirado de no ser por lo que le había dicho un poeta:

—Puedes permitirte desafiar al destino porque eres hermosa y tienes talento.

Así que retó a las plumas del pavo real a que le causaran daño.

Escribió sus memorias, pues estaba convencida de que le depararían admiración. Había vivido muchos años espléndidos y siempre había estado rodeada de famosos. En sus memorias trató de dar una imagen de sí misma sensible y con buen corazón. Escribió con afectación y estudió con celo los efectos que deseaba provocar. Sin embargo, cuando el público las leyó, se revelaron premeditadas, y muchas personas la ridiculizaron.

Como las había escrito con una pluma del pavo real, pensó: «Es culpa de las plumas del pavo real».

Una vez, en la India, en una casa le ofrecieron una pipa larga. Cuando fumó, la pipa le regaló sueños maravillosos. Vio barcos de zafiro navegando en mares de coral, y ella cantando en la proa. Sintió que se elevaba en una nube ligerísima de algodón hasta una esfera donde su voz fluía como luz líquida. Círculos de extraños personajes la escuchaban atónitos. Después descendió a cuevas negras donde el calor y los perfumes la disolvieron y fue amada por hombres radiantes cuyo amor tenía mil y una maneras de penetrarla. Pero cuando dejó de fumar, se quedó vacía de toda energía y con aspecto consumido. También le cambió la voz y perdió el poder sobre un público que antes la escuchaba con el mismo rapto y embeleso que el pavo real. A pesar de ello, no podía dejar de fumar, debido al arrullo que le producía, y culpaba de ello a las plumas del pavo real.

Su vida quedó destruida, pero conservaba las plumas con más esmero que nunca para así poder decir a quienes presenciaban su ruina: «Ha sido culpa de las plumas del pavo real».

Fidelidad

Aline se puso contenta al saber que Alban quería pasar por su casa aquella tarde. Lo había visto muchas veces caminando a zancadas por Montparnasse con libros bajo el brazo, sin sentarse nunca en las cafeterías, lo cual bastaba para catalogarlo como un tipo peculiar. De hecho, Aline había dicho una noche en una fiesta de un atelier que las cafeterías eran originariamente lugares de encuentro, centros para conversar, mercados de ideas, pero que habían degenerado en zoos, y ese comentario había provocado que Alban se abalanzara sobre su grupo y no dejara de hablar con ella el resto de la velada.

Aline había bromeado con respecto a las cafeterías. Él le había dicho que su actitud iba aún mucho más lejos:

—Solo voy a las panaderías pequeñas y blancas donde nunca pasa nada. La dependienta, que está al lado de la caja, deja de remendarse las medias para servirme una taza de leche que baila un poco en la mesa debido a las migas de pan que han dejado otros clientes. Las flores de los jarroncitos están mustias. Nadie habla del inconsciente con esa conciencia que tan de moda está. Los niños entran para pedir su pan con chocolate. La blancura de las paredes es como la blancura de un sanatorio. En esos locales me recupero del fisgoneo y las complejidades biológicas de los zoos.

—Pero ¿tienes la mente tan blanqueada como esas paredes? —preguntó Aline—. No me gusta la comida sofisticada, pero en cuanto a las personas... —Sonrió con sorna.

—Oh, no —respondió Alban—, ¡soy dramaturgo! Aunque podría hacerte la misma pregunta. ¿A qué se deben tus paseos por los jardines del Luxemburgo a primera hora de la mañana, cuando sonríes a los niños, a los perritos, a los ancianos, a las flores?

—Es difícil encontrar algo original que hacer en Montparnasse, ¿verdad? Pero creo que tú y yo lo hemos conseguido.

Alban llegó y, aun antes de sentarse, le confesó que había tenido miedo de ir a verla.

—Te lo diré con toda franqueza: cuando hablaste del zoo, ¡no supe si lo decías en serio! Hay gente que dice eso solo porque le gusta tener público. Nunca los ves solos. El día sagrado y señalado con mayúsculas te arrojan a una habitación llena de gente a la que no habías pedido ver. Lo llaman «dar una recepción». ¿O es que tal vez... tal vez me presenté el día equivocado?

—No, y es lo que me gusta. Pero tienes que admitir a cierta gente; hay que mezclar a algunas personas con otras para soportarlas.

—Yo me niego a soportar a nadie. Me subo a un tren, a un barco, a un avión.

—Pero podrías abrirle la puerta de buen grado a la persona incorrecta. ¿Nunca te equivocas? ¿Cómo escoges a tus amigos?

—Los dejo hablar —contestó Alban.

—¡Pero si la otra noche no me dejaste meter baza!

—Bueno, porque era una ocasión especial. ¡Sabes escuchar tan bien! Fue una sorpresa tan grata encontrarte en la fiesta de Henri que no pude resistirme a la alegría de hacer la prueba. Tienes una manera de escuchar muy curiosa. No dices una palabra, pero solo con un leve movimiento del párpado, un cambio de color y de sombras en tus ojos, una ínfima curvatura en la comisura de los labios llenas el silencio con comprensión y entusiasmo, y uno siente que puede seguir hablando y hablando. Deberías ser la esposa de un escritor.

—Pero no escucho todo el tiempo —repuso Aline.

Era Alban quien no sabía escuchar tan bien, pero, mientras Aline hablaba, él le analizaba la cara con una mirada intensa y desconcertada y el entrecejo fruncido.

—Tienes unos ojos muy poco comunes —dijo, sin hacer ningún esfuerzo por ser coherente—. Velados y con un aire de descontento trágico.

—Te lo permito en virtud de tu imaginación de dramaturgo, pero no veo por qué mis ojos deberían traslucir lo que dices. —Ella se levantó y se acercó a la ventana—. Está lloviendo —añadió con solemnidad.

—Veo que mi comentario te ha molestado. Lo siento. No es muy europeo soltar opiniones personales a la primera de cambio. He venido a Europa a aprender a hablar con rodeos y sutileza. No he aprendido mucho, ¿verdad? ¿Te has enfadado?

Aline cerró las cortinas, encendió velas y abrió una cajetilla nueva de cigarrillos.

—Qué ambiente tan agradable —prosiguió Alban—. Pero no es del todo tú. Le haces concesiones a tu marido.

Mira las pipas, la *Revista de Economía*, el sillón de oficina y la fotografía del presidente de la empresa. Me gusta imaginarte de otra manera: rodeada de una especie de orientalismo, divanes y fruta fresca en fuentes con incrustaciones de coral y turquesa.

—No tenemos fruta fresca en casa; mi marido está a régimen y hay que cocinarlo todo. —Y luego—: Creo que eres odioso.

—No me obligues a soltar tópicos del tipo «la verdad duele».

—¿Qué verdad?

—Que mentalmente no estás acompañada. Es más, ¿sabes lo que preveo?, que te acomodarás en una felicidad muerta y en una domesticidad por completo incurables, porque las mujeres temen más ese tipo de soledad que la domesticidad. Ya me di cuenta la otra noche de que, cuando tu marido se unió al grupo, tu mente dejó de brincar y brillar. ¡Esperabas su aprobación conyugal!

—¿Qué crees que habría pensado él si me hubiera puesto a mezclar panaderías y el inconsciente? De todos modos, tienes razón. Ya tengo días tranquilos, cuando estoy cansada o cuando la lluvia me entristece, así que no tardaré mucho en convertirme en lo que predices.

—No me estás tomando en serio —replicó Alban—, y aun así eres muy desgraciada.

—¿Conoces algún remedio?

—Los amigos —respondió Alban—. En mis obras siempre ofrezco esa solución.

—¿Amigos en el sentido de Montparnasse? —se burló Aline.

—El próximo día te traeré la obra en la que soluciono definitivamente el problema. Te convencerá.

Cuando se hubo marchado, Aline empezó a pensar que sería una pena que ella no tuviera nada por lo que hacerse consolar. Alban, con sus modales insólitos, debía de ser interesante en esas crisis. Su mente era fértil y variada, y no era un tipo por cuyo genio y figura pudiera perdonársele todo.

De modo que trajinó por la casa en silencio, reuniendo y calculando con placer su desgracia. Era cierto que a menudo se veía condenada a hablar consigo misma y que, cuando leía sus historias a Sherman, este gruñía o decía: «Está bien». Era cierto que muy a menudo, cuando estaba exaltada por haber pasado una tarde febril de buena escritura, él disolvía su júbilo arrastrándola a una partida de tenis.

No cabía duda de que Alban poseía imaginación, y además enérgica, y a ella siempre la habían fascinado los narradores.

Por primera vez en unos cuantos años, aquella noche estudió a su marido con suma atención y desapego.

Sherman siempre vestía trajes bastante serios y transmitía una sensación de seguridad. Sus ojos traslucían autoridad, una sabiduría tranquila; nada en ellos era tempestuoso ni espectacular. Hablaba poco y escuchaba con una especie de actitud reflexiva que, si Aline escarbaba un poco más, a veces resultaba ser una mera máscara que ocultaba laboriosos cálculos acerca de sus acciones. Sabía leer a los filósofos más profundos. Su mente percibía la sabiduría, sin esfuerzo, igual que otras personas inferían las fases de la temperatura mirando por una ventana y consultando un barómetro. Por el respeto natural que sentía hacia el conocimiento, estaba convencido a priori de la verdad de todas esas frases manidas que enseñan poetas ya muertos hace tiempo. Obediente y sistemático, había llevado a cabo todas las prescripciones líricas que aquellos dictaban.

Pero Aline no podía vivir para siempre en aquella atmósfera rarificada, meramente satisfecha con la alegría de hacer encajar teorías. Tenía que descender a alguna extensión cálida de esas palabras y a algún examen demente de su auténtico significado.

Sherman estaba afeitándose. Iban al estudio de Bellows a una velada musical.

—¿Has pensado alguna vez —le preguntó Aline— cómo a uno puede influirle su propia escritura? —Sentía un intenso deseo de hablar de las obras de Alban.

—No —respondió Sherman—. Nunca.

Estaba profundamente concentrado en cierto punto de debajo de la barbilla. Nunca le temblaba el pulso. Aline esperó hasta que hubo terminado para darle tiempo a formarse una opinión. Pero acabó de vestirse y seguía sin hablar, de modo que al final le preguntó qué pensaba.

—¿Sobre qué? Ah, eso de la influencia... Hum... Bueno... Nada.

—¿No lo crees posible?

—No lo sé. Pero, oye, ¿qué pasa? ¿Estás haciendo una investigación?

—No —dijo Aline—. Una autopsia.

Aquella noche, en su piso, Bellows había mezclado un montón de personalidades discordantes a las que esperaba aplacar con música. Tocó para ellas con inmenso fervor, habló con la misma concentración y no advirtió ninguna de las trampas urdidas por los jóvenes ironistas. Tenía la cabeza enorme y el cuerpo menudo y consumido, dedos largos que aferraban las notas con la fuerza de un nudo. Sus composiciones, todas en claves menores, evocaban una irrealidad diabólica.

Había una cantante. Siempre suele haber una cantante revoloteando alrededor de pianistas y violinistas, como las secretarias alrededor de los banqueros, y ocurren cosas entre ellos, y los periódicos se alegran de enterarse de ellas.

Aquella era una judía de rostro trágico y brazos hermosos. Pero en cuanto empezó a hablar, se hizo evidente que su rostro no era más que un accidente, y solo quedaron los brazos, que desde luego compensaban su discurso. Bellows tenía una actitud particularmente afable respecto a lo que ella decía. No la escuchaba. Le miraba los brazos, y a Aline no le cupo duda de que los sentía alrededor de su cuello. Como tributo, le ofreció el sacrificio de sus ideas alemanas sobre música y no insistió cuando ella alabó a los italianos.

Al principio, la cantante se mostró algo incómoda a causa de Aline. Aline llevaba un vestido sutil y traicionero, que revelaba y ocultaba la figura al mismo tiempo, de esencia oriental y bordados intrincados, totalmente ininteligible para Bellows, pero la cantante sí lo comprendió y desaprobó.

Sin embargo, cuando se sentó con nobleza, con toda la madurez de sus cuarenta años, con nobleza y comodidad, y colocó los antebrazos redondeados y suaves en los brazos rojos de la silla, se dio cuenta, igual que Aline, de que esta no llenaba su silla ni satisfacía los ideales de belleza germana.

Así que la cantante se dispuso a disfrutar tranquilamente de la velada, empleando los brazos para describir la fluidez de la música de Verdi y para recolocarse continuamente el resbaladizo abrigo de pieles castañas.

Al marido de Aline le entró sueño y se fueron a casa temprano.

Bellows fue a verla sin su cantante. Aline se moría de ganas de preguntarle por qué.

—Lo siento, mi marido no está en casa —dijo impulsivamente.

Tenía la esperanza de que se marchara. Parecía ser justo el tipo de hombre al que asustaban esas frases. Pero él mostró todavía menos tacto:

—No esperaba verlo a él.

—Bien, bien, siéntese, señor Bellows.

(¡Y Aline pensaba que solamente admiraba las proporciones wagnerianas!). Lo condujo al piano. Tocó para ella solo lo que amaba, y luego elaboró retratos musicales de la cantante, burlándose de su amor por las melodías populares italianas, alargando las notas con sentimentalismo.

—Pero a usted le gusta —repuso Aline.

—Eso no me impide saber que debería estar cantando aún en aquella carreta color naranja donde la encontré. Ahora le haré un retrato de mi portera.

Nota a nota, en claves menores, el dragón subió la escalera. La música se volvió solemne y asombrosa, y después demoniaca. La voz horripilante de la portera se manifestó en un estallido vengativo. Bellows respondió con dulzura irónica y cerró de un portazo. La portera bajó la escalera con fatiga y un repiqueteo de zuecos de madera. Aline, apoyada con los codos en el piano, se rio.

—Ahora, su marido —anunció Bellows.

Tocó Bach. Académico, preciso, soberbio, clásico. Bellows exageró la cadencia de Bach. Antes de que Aline dijera nada, se puso a hacer un retrato desconcertante de Henri, el escultor, y luego una descripción muy colorida de Alban. Alban requería todo el teclado y alcanzó una importancia casi orquestal.

—Ahora, yo.

Era grotesco, era inestable, y no obstante, la melodía atormentada ascendió y al fin alcanzó una nota de triunfo.

—¿Lo ha entendido? —preguntó casi de modo furtivo.

—Ha adquirido la serenidad gracias al poder de la mente y pasando por alto los detalles —respondió Aline.

—Y usted nunca la adquirirá.

—¿Parezco preocupada?

Bellows tocó un fragmento fantástico. Lo cortó de improviso con una disonancia violenta. Aline sonrió con sorna.

—Esto es su marido y usted —declaró Bellows.

—Se equivoca.

—Puede que sea un viejo torpe y bruto, pero me parece que usted no lo ama.

Había acercado la silla hacia ella y tamborileaba con los dedos encima de los de Aline, demorando el contacto y negando con la enorme cabeza, compasivo.

—Se equivoca de cabo a rabo, señor Bellows.

—Admiro su valentía, mi querida, encantadora y vivaz jovencita. No quiere hablar de ello, pero estas cosas son más fáciles de afrontar si uno puede expresarlas. —Le apretó la mano con ternura, con elocuencia, tentativamente.

«Muy bien —pensó cuando se hubo marchado—, esto es el colmo». No podía esperar a que llegara su marido a casa. Miró por la ventana hasta que lo vio; corrió al recibidor a su encuentro, al encuentro de su joven y alto marido.

—¡Si supieras lo que me ha pasado!

Él cerró la puerta con cuidado.

—Imagínate —estalló Aline, con la cara ardiéndole de indignación—. Imagínate, imagínate, el viejo de Bellows diciéndome que no te quiero, ¡amor mío! Piensa que soy muy valiente al ocultar mi infelicidad, dándome palmaditas en las manos con las suyas, peludas, para consolarme. ¡Hay que ser descarado! ¡Descarado! ¿Quién le ha dicho que yo necesito consuelo?

Él se rio ante su ira. Ella gritaba cada vez más alto y las palabras se le amontonaban en la boca. De repente, él se inclinó sobre ella, que seguía jadeando por dentro, y la besó.

—Mi querida, fiel, honrada mujercita —dijo.

Una fiesta aguada

El piso de los Stellam rebosaba de ruido y de gente. La banda de músicos tocaba sin cesar y con frenesí. La gente que bailaba se reía. Aún seguían llegando grupos de mujeres deslumbrantes y hombres elegantes y atractivos.

La señora Stellam iba enfundada en un vestido adornado con cuentas de cristal que dejaba al descubierto la espalda y los hombros suaves y torneados. Coqueteaba con los hombres agitando un abanico de plumas rojas que recordaba a una planta exótica. Allí donde se detuviera, se formaba una nube de perfume.

Era consciente de su belleza, del aprecio que sentían por ella los demás y de su fama de imaginativa. Solo ella sabía lo mucho que estudiaba sus propias fantasías y lo bien preparados que estaban sus impulsos. Como esa fiesta, por ejemplo. Había tenido la idea de colocar mesitas para dos o para cuatro por la sala, como en un cabaret. La banda de música iba vestida con trajes cosacos.

«Será una fiesta fantástica —se dijo la señora Stellam—. Casi como una fiesta en un palacio ruso. Qué bien quedan los arcos de las puertas y esas lamparillas tan curiosas, y cómo las paredes de color coral invitan a todo el mundo a charlar y parecen producir efecto en su humor; están todos radiantes y entusiasmados».

De improviso, la señora Stellam se encontró frente a una mujer a quien no conocía. Llevaba un espléndido vestido de seda verde esmeralda con aguas. Tenía los ojos muy alargados, muy brillantes, de color turquesa, y el cabello castaño con mucho volumen.

La señora Stellam la saludó con educación. Pensó que debía de ser la nueva mujer de alguien y que su marido estaría por ahí y se había olvidado de presentarla. La desconocida le devolvió el saludo en voz baja, con una inclinación de la cabeza y una sonrisa, pero no mencionó su nombre. La señora Stellam esperó a ver a quién se dirigía y con quién hablaba.

La desconocida cruzó despacio la sala, sin saludar a nadie en particular, pero cuantos la veían la saludaban vagamente con un gesto de la cabeza.

«Yo no la he invitado —pensó la anfitriona, irritada—, pero tampoco puedo echarla. La habrá traído alguien. Seguro que es una broma de Henley. Siempre hace lo mismo. Tendrá que venir y bailar con ella, y entonces podré comprobarlo».

Sin embargo, cada vez resultaba más evidente que la mujer no conocía a nadie. El baile se reanudó. Ella sonreía sin cesar, con la misma sonrisa que había dirigido a la anfitriona, y lo observaba todo con los ojos muy abiertos. Su sonrisa tenía algo de burlona, pero su mirada era muy seria e intensa.

Alzando una copa de champán, un hombre se dirigió a ella de manera vaga, como hablan los hombres a las mujeres a quienes han seguido por la calle.

—¿Nos hemos visto antes?

Ella lo observó con atención, y mientras él la miraba, la sonrisa de la mujer pareció ensancharse como si aquello la divirtiera enormemente. Pero, cuando el hombre la miró a los ojos, descubrió una seriedad en ellos casi insoportable. Se molestó sobremanera y se alejó.

Otro hombre se acercó a ella entre traspiés y la sacó a bailar con un gesto de familiaridad. Era ágil y liviana, pero no habló. El hombre la agasajó. Ella se limitó a mirarlo, casi con desprecio, pensó él, no obstante los ojos le brillaran con placer y simplicidad. El hombre se acaloró y se sintió incómodo, y empezó a bailar con torpeza.

La fiesta se volvía cada vez más ruidosa. Soltaron globos al aire y los explotaron. Arrojaron confeti a los ojos y las bocas. Algunos hombres imitaron gruñidos, quejidos y bramidos de animales; otros comían almendras saladas con voracidad para que les entrara más sed de champán. Los hombres llevaban las solapas manchadas de polvos para la cara, y en los delicados vestidos de seda de las mujeres se veían huellas de manos sudorosas. Por el suelo había cuentas de cristal esparcidas y un clavel artificial que se le había caído a alguien.

Sin embargo, alrededor de la desconocida, las voces se atenuaban y nadie reía.

Una mujer preguntó a la anfitriona quién era aquella desconocida.

—Ese vestido esmeralda procede sin duda de una *grande maison* —le dijo.

El humor de la señora Stellam iba empeorando. No podía pedirle que se marchara; los modales y la ropa indicaban que aquel ambiente no le era ajeno. Los sirvientes se mostraban amilanados y le servían con asiduidad, y los sirvientes tenían olfato para esas cosas.

Desde lejos, su sonrisa parecía inofensiva y agradable. Muchos hombres rebosantes de confianza y entusiasmo cruzaron la sala para sacarla a bailar, y solo cuando estaban delante de ella, muy cerca, la sonrisa les resultaba insoportable. Por dondequiera que pasara, las carcajadas morían de repente y los gestos discretos, inquietos o coquetos de las mujeres se volvían desmañados. Algunas conversaciones se interrumpían y no volvían a retomarse; algunas parejas se sentían incómodas el uno con el otro y se separaban y no se reunían de nuevo.

La intensidad del jazz aumentó, azotando los nervios con sacudidas y ritmos, martilleando los corazones. La desconocida no probó las bebidas, pero su rostro reflejaba cada vez más vivacidad, y su sonrisa era tan deslumbrante que ninguna mujer se atrevía a sonreír. La gente empezó a incomodarse. El jazz no paraba y los cuerpos se sacudían, pero las caras se volvieron sombrías y conscientes.

Era evidente que la fiesta se apagaba, y eso que solo era la una de la noche. La señora Stellam se desesperaba. La desconocida estaba sentada en silencio y ajena a todo, como en una isla desierta.

«Tiene que irse ya —se dijo la señora Stellam—. Iré a hablar con ella».

Las dos, en pie, se miraron cara a cara. La señora Stellam clavó los ojos con frialdad en los de la desconocida.

Entonces vio en ellos que la mujer la conocía como nadie la había conocido jamás, conocía a la mujer que nadie conocía. No cabía duda alguna. Aquellos ojos claros, intensos, graves habían visto... habían visto la farsa de la señora Stellam: la ropa, la casa, las amistades, el matrimonio, todas las cosas en que había impuesto su poder, el poder de retener, de alterar, de destruir. Había sometido todas sus actividades a aquel único objetivo, el de dominar, el de dañar solo por el placer de sentir aquel regocijo de poder infinito. Vio todo aquello en los ojos de la desconocida, se vio a sí misma entera y real, y junto a ella miró sin miedo, directamente y en silencio. En todo ese rato no sostuvieron ninguna conversación que tapara el descubrimiento, ninguna conversación en la que la señora Stellam pudiera refugiarse, como hiciera tantas otras veces cuando se había visto descubierta. Mientras se enfrentaba a la amplia sonrisa de la desconocida y reconocía la verdad de todo lo que había visto, le pareció que la sonrisa se dulcificaba un poco en los extremos, solo un poco, y se volvía casi tierna.

De pronto, la señora Stellam le dio la espalda y se precipitó hacia la banda y les pidió que tocaran su jazz más animado.

Pero la gente empezó a marcharse. Hubo un trajín de abrigos de pieles, sombreros, paraguas, bastones y efluvios sutiles de perfume que se escapaban de los abrigos desplegados.

¡Adiós, adiós! Muchos besos en la mano y gracias por la fiesta.

La desconocida iba envuelta en unas pieles grises; los extremos de las pieles eran plateados y brillaban y se erizaban. Ella también se iba.

—Oh, lo siento, cuánto siento que tenga que marcharse —le dijo la señora Stellam.

La miró a los ojos. Era un verdadero alivio mirarla a los ojos, un alivio ante las complicaciones y las evasiones.

—¿Volveré a verla?

La desconocida sonrió, pero negó con la cabeza.

—Solo vengo una vez.

Un suelo resbaladizo

Anita dio órdenes apresuradas a la sirvienta. Guardó en la maleta las castañuelas y los zapatos de baile. Se aplicó cera en las pestañas, azul en los párpados, y se empolvó más que de costumbre porque era día de ensayo.

Al bajar la escalera oscura que llevaba al estudio de Alamilla, todavía se notaba apocada y discreta. Su abrigo y su sombrero negros no tenían nada de teatral. Pero cuando abrió la puerta y oyó el sonido seco y repentino de las castañuelas de Alamilla, que repiquetearon como un tamboril, y cuando él se acercó para recibirla con un «¡Aquí estás, gitanilla!», se sintió una mujer distinta.

En el vestuario, su vestido español pendía tembloroso del primer clavo a la derecha. De los otros clavos colgaban trajes de ballet, dos vestidos españoles, un jersey viejo y una toalla vieja, y había zapatillas de ballet en las sillas, en los estantes, en el lavamanos, por todas partes, hasta que acababan en el cubo de la basura, rebosante, al final de su efímera carrera.

Tras ponerse el vestido, se miró en el espejo para colocarse los pendientes y el clavel. En el estante del espejo había un periódico antiguo en el que todos los días leía que el jueves se había cometido un crimen pasional en la Rue Notre

Dame. Nunca pasaba de la descripción del amante, que tenía ojos castaños, llevaba un traje gris y era muy celoso. Nunca supo qué aspecto tenía la mujer que había sido la causa del crimen. Podría haber leído el final de la historia si no la hubieran interrumpido constantemente las mujeres que ensayaban antes que ella. Ahí se acercaba una, sudando, brillante, una mujer corpulenta y sana de piel morena y llena de la contundente fortaleza que requería la vida de las tablas. No obstante, el pelo no se le pegaba tan bien como a Anita, la cual llevaba dos semanas dudando si revelarle el secreto. Aquel día, en un impulso de sublime generosidad, le dijo:

—Ponte gomina.

La bailarina le dirigió una sonrisa inesperadamente natural.

—Te diré dónde puedes llevar los zapatos para que les pongan una suela de goma y así no te resbales cuando bailes.

Alamilla la llamó de inmediato. No le gustaba que hablaran entre ellas. Temía que, como buenas bailarinas españolas y temperamentales, empezaran a arrancarse las peinetas. Pero la mujer a la que no se le pegaba bien el pelo era de Montmartre y Anita era solo medio española.

—El próximo día que te lleves mis enaguas —le dijo Anita antes de irse—, ¡les coses el desgarrón para que no lo note!

Aquello compensó lo de la gomina.

Era ya de noche cuando salió. La Place de Clichy estaba iluminada con luces de colores, las amarillas de las cafeterías pequeñas y grandes, las blancas de la feria. La música de los carruseles sonaba tan desafinada que las melodías parecían de un país totalmente desconocido. Y Anita no se molestó en identificarlas como las que oía en otras partes de París. Se sentía como si hubiera emprendido un extraño viaje, entre personas de hombros estrechos y ojos como ascuas que no paraban de encender cigarrillos baratos con manos temblorosas y que no cesaban de pedir bebida con voz ronca. Acabaría tirada en una mesita arrinconada de cualquier cafetería, tirada como un pecio por aquella multitud que se movía como el mar, por la agitación y la efervescencia de la vida parisina.

La Place de Clichy y sus alrededores seguían siendo el destino de sus salidas. Le parecía incluso que el autobús que la llevaba al sector teatral iba lleno de personas especiales. Bajaban en el Casino y en el Apollo. Mientras el autobús se detenía allí, ella permanecía sentada al resplandor de los anuncios luminosos y vivía, solo por un momento, una pequeña parte de sus sueños, sueños baratos de maquillaje cargado, focos cegadores, un público oscuro que la aplaudía y, entre bambalinas, personas vivaces con quienes convivir. En las estrellas luminosas, los rayos del sol y las serpientes diamantinas del Casino veía símbolos de un destino maravilloso. Deseaba que su destino fuera maravilloso en lugar de sensato, deseaba brillo en lugar de armonía, viajes sin fin, la inestabilidad perpetua de la vida del escenario en lugar de seguridad.

Cuando caminaba sola, de manera natural buscaba con la mirada las luces, las toscas y llamativas de las tiendecitas, las danzantes y saltarinas que rodeaban los anuncios, las flechas rojas que ardían en la escalera del metro, las que proyectaban REVUE DE PARIS en el cielo y eclipsaban las estrellas. Vestida de negro, con su maleta, sus castañuelas y un ritmo andaluz en la cabeza, seguía las luces.

Un joven la detuvo, un joven con la cara marcada por haber vivido deprisa, una cara hermosa surcada por líneas de emociones antiguas, con ojos que habían visto de todo. Sonrió, bastante seguro de su encanto.

—*Tu es trop jolie pour te promener seule.*

Ella escrutó aquella cara que había visto de todo. Captó una chispa de burla en el fondo de sus ojos, aunque la superficie devolvía las luces, como el cristal. Por debajo de ella eran sombríos, estaban como carbonizados. Anita huyó. Llegaba un poco tarde al ensayo. Cuando salió, la bruma nocturna había amortiguado las luces, una bruma que no descendía del cielo, sino que se elevaba a través del duro pavimento como si fuera el aliento de la tierra.

El primer trabajo de Anita fue en una compañía de danza pequeña que actuaba en un teatro pequeño.

El día en que fue a firmar el contrato había dos hombres en el despacho del director.

—Tus compañeros —dijo el director. Luego se dirigió a ellos—: La bailaora española. El señor Borís es un ruso que ha vivido muchos años en España aprendiendo bailes españoles. El señor Lasa es sudamericano y desempeñará el papel de gitano. Empezad enseguida, no nos sobra el tiempo. Podéis comenzar por componer los bailes. El pianista os está esperando. Mañana veréis al de vestuario.

Los tres se observaron discretamente. Borís se puso al lado de Anita.

—Tenéis la altura perfecta el uno para el otro —comentó Lasa.

Anita observó que Borís, no era una persona envanecida por su belleza.

Empezaron el baile y la gestualidad. Anita llevaba un vestido gitano algo viejo con enaguas de un rojo encendido. Bailó en círculo alrededor de Borís, contoneándose, para hechizarlo. Era de todo punto necesario que ella lo hechizara en el baile. Lasa los observaba sentado, fumando, esperando su turno. Borís simulaba pasión con una técnica perfecta.

—Acuérdate de tener cuidado con la peineta —advirtió Anita.

—No tendré cuidado con nada cuando te rapte —contestó Lasa—. Soy un gitano primitivo.

El escenario era pequeño. Habían colocado sillas donde en un futuro estaría el muro de un palacio, árboles y una fuente.

Al electricista se le despertó el interés. Dejó por un momento su trabajo y se puso a mirar desde la escalera de mano. En cambio, la limpiadora era veterana y siguió levantando polvo mientras ellos trabajaban. Los actores de la obra seria, que precedía al baile, fueron llegando y reclamaron el escenario.

—¿Cuánto tiempo llevas en esto? —preguntó Lasa.

—Un día.

—¡Y no has tropezado! Prometes.

—Te adoptaremos —añadió Borís.

—¿Sabes cómo maquillarte?

—¿Sabes cómo saludar?

—¿Sabes cómo evitar que el telón te dé en la cabeza cuando está bajando?

—¿Sabes cómo no perder el ánimo delante de un público gélido?

—¿Sabes algo de luces?

—No tengo miedo de nada —respondió Anita—. Solo de que se me rompan las enaguas.

—Si tienes dinero, puedes venir con nosotros a tomar algo cuando estés vestida —la invitó Lasa.

Era una cafetería diminuta. La primavera aún no había entrado en ella. Habían olvidado la estufa fuera, con la ceniza. La estufilla solía estar encendida los días fríos para que la gente se sentara fuera incluso en invierno. Borís y Lasa apoyaron los pies en ella mientras charlaban.

—¿Qué esperas del escenario? ¿Qué sabes de la vida del espectáculo? —le preguntó Borís—. ¿Eres una tragasueños?

Anita recordó sus sueños locos de vivir una vida fulgurante y la mirada de mundo de aquel joven que la había atraído y al que había odiado al mismo tiempo, pero no podía contarles esas cosas.

—Es verdad que no tengo experiencia —reconoció—. Pero sé mucho del mundo del espectáculo y no soy una tragasueños.

—¿Cómo lo sabes? —inquirió Lasa.

—Oh, he leído, he leído muchísimo —contestó Anita. Y empezó a hacer un gesto amplio e inclusivo que terminó de forma vaga al darse cuenta de que no recordaba los títulos de los libros que había leído—. A Colette, por ejemplo... Y a muchos otros... —concluyó sin convicción.

Borís se reía con los ojos. Lasa bebió un trago y no dijo nada.

Lo que le preocupaba aquellos días era que su camerino no tenía puerta, solo una cortina arrugada de cretona. Mientras se vestía y se desnudaba, la gente entraba con mensajes, o para cogerle la crema o la toalla. Un día después del ensayo salió corriendo en quimono, aún jadeante por el baile, a ver al director, y se topó con Borís, que le preguntó qué ocurría.

—Mi camerino no tiene puerta.

—Es que en teatros tan pequeños como este nunca hay puertas en los camerinos.

—Pues voy a coger frío —replicó Anita.

Cuando volvió a su camerino, pensó: «Bueno, quería formar parte del mundo del espectáculo, y ahora no solo tengo compañeros simpáticos, ensayos divertidos, focos deslumbrantes, mucha variedad, sino también un camerino sin puerta. Había imaginado de todo menos eso: sí lo de entrar y salir en quimono, recibir a gente mientras me añado los últimos detalles de mi vestuario, pero no vestirme y desnudarme tras una cortina arrugada, delante de los electricistas». Eso ni se le había pasado por la cabeza. Su intención había sido ser una buena chica, natural y sin manías, pero tenía algún que otro remilgo aristocrático.

Empezó a probar varias estrategias. Colocó una silla detrás de la cortina para que la gente se tropezara antes de entrar y a ella le diera tiempo de ponerse el quimono. Pero pasó un mensajero con tanta prisa que no entró, sino que se limitó a asomar la cabeza sin avisar. Ella tuvo el tiempo justo de envolverse en la cortina, dio sin querer un golpe a alguien que pasaba, saltó hacia atrás como un fantasma, aún envuelta en la cortina, y cuando cogió el quimono ya era bastante tarde.

«Esto se está poniendo serio», pensó. También intentó vestirse sin quitarse el quimono y de espaldas a la entrada. Pero el espejo la reflejaba. Pegó papeles en el espejo. Borís lo vio y le preguntó qué ocurría.

—El espejo azulea —respondió—. Me deprime verme en él.

—Puedes ir a mi camerino; está mejor —le ofreció Borís.

Estaba al final del pasillo. Anita fue a echar un vistazo. Ni siquiera tenía cortina.

Por la tarde estaba vistiéndose por partes sin quitarse el quimono, al que se le habían liado las mangas, cuando apareció el carpintero.

—Madame, ¿la molesto si pongo la puerta ahora? Será un momento. Solo tengo que encajarla en los goznes.

—¡Así que había puertas! —exclamó Anita.

—Las viejas se estaban rompiendo.

Corrió a buscar a Borís.

—¿Por qué me dijiste eso de las puertas?

—Solo quería demostrarte, querida, que los libros no lo enseñan todo.

—Entonces espero al menos que pueda confiar en ti —le espetó Anita con una mirada nada halagüeña.

La mesita de la cafetería y las tres bebidas se convirtieron en un ritual. Borís y Lasa dijeron a Anita que querían verla espabilarse. Hablaban como para disiparle los vapores de una intoxicación imaginaria. Pero ella no dio señales de derrota. Había esperado monotonía, rutina, trabajo duro, conflictos de vanidades, peleas. No se mostró decepcionada cuando

Lasa le dijo que su nombre no aparecería en letras luminosas, sino en los carteles, en letra muy pequeña, porque los actores de la obra «seria» eran más importantes.

También le tomaron el pelo respecto al hecho de que todavía no había perdido la cabeza ni el corazón.

—Las tablas no te afectan como deberían —dijo Lasa.

—¿Qué se supone que tendría que pasarme?

—Oh, te metes en ellas en cuerpo y alma, sucumbes a ellas, muestras un exceso de temperamento, te enamoras... Yo he intentado seducirte y tú solo sonríes.

—Lo mismo digo —convino Lasa.

—Pero es que no me he enamorado —objetó Anita.

—¿Tienes que esperar a enamorarte para jugar un poquito? Creía que no podrías evitarlo.

—Ah, es que ese es mi pasatiempo —dijo Anita—. Creo que sí puedo evitarlo.

—¿Y lo has conseguido?

—Hasta ahora, sí.

—¡Qué pasatiempo tan extravagante! ¿De dónde has sacado la idea?

Anita vaciló.

—¿Estamos haciéndote preguntas indiscretas? Sabes que te apreciamos mucho.

—Sí, lo sé. No, no me importa responder. Saqué la idea de mi padre. Mi madre, a la que no conozco, nunca se negaba ningún capricho, por mucho que hiciera daño a los demás. Nos abandonó por cuenta de uno. Y a mí se me metió en la cabeza ser lo más distinta que pudiera a ella.

—Pero, entonces, ¿por qué escogiste ser bailarina? Mira que hay oficios y mira que hay retos difíciles...

—Creo que lo hice casi a propósito. Por todo lo que oí, deduje que sería la carrera más difícil en la que poner en práctica mi propósito. Además, mi madre es actriz, y su profesión fue siempre su excusa. Me gusta que mi profesión sea casi la misma y aun así no perder la cabeza hasta que me enamore de verdad. ¿Os hace gracia?

—En la vida te encuentras de todo —repuso Borís—. Mucha suerte.

La noche del estreno. En el minúsculo camerino casi no cabe el voluminoso vestido español. Los ojos de Anita parecen el doble de grandes después de aplicarse el lápiz negro, la sombra azul verdoso en los párpados y la cera en las pestañas. Se mira en el espejo: su cara está radiante, la mantilla de encaje cuelga bien, los tres grandes claveles están firmemente sujetos. Se moja las suelas de los zapatos. Mientras se viste, Sanette entra para ver si se ha maquillado bien. Le examina la cara y dice:

—Está bien, pero no te olvides de los puntos rojos en la comisura interna de los ojos.

De un camerino a otro, por encima de los tabiques, le llega un torrente de voces, gritos y palabrotas. El chaleco apretadísimo de Borís se ha descosido un poco.

—¡Debajo de la capa no se verá! —vocea Lasa para consolarlo.

Pero Borís está nervioso. Lasa grita que se le ha terminado la brillantina. ¿No tendrá Borís un poco para prestarle?

—Pero ¡si eres un gitano, no tienes que usar brillantina! —le responde Borís.

—*En scène pour le premier acte!*

Ha empezado la obra seria.

Anita tiene las manos tan frías que no sabe si será capaz de tocar las castañuelas; suenan mejor cuando las manos están calientes. Oye a los otros actores salir corriendo de sus camerinos. Intenta alargarse las cejas, pero le tiembla la mano. Se pone un poco de gomina en los rizos negros sobre las mejillas. Por fin sale al pasillo y encuentra a Borís preparado, metiendo prisa a Lasa. Pero aún disponen de mucho tiempo. La obra seria ha empezado tarde, y dura una hora y media. Hace frío y hay corrientes de aire. Reina un ajetreo monumental y estimulante; órdenes y contraórdenes sobre las luces, sobre el telón, y sobre el telón otra vez. Oyen que el público ríe y un poco después aplaude de manera espontánea. Los electricistas están subidos a las escaleras, a la izquierda. Hay alfombras enrolladas y muebles arrinconados de otros decorados. No hay donde sentarse y el suelo está lleno de objetos con que tropezarse. Escenas de nervios, retrasos, algún error. Pero siempre hay alguien que dice: «No pasa nada, el público no va a notarlo». Anita se pregunta qué más pasará por alto.

Es hora del baile. Lasa le arregla a Anita un volante. Las luces blancas y naranjas ya están encendidas.

Anita y Borís bailan juntos. Solo el vestido negro y naranja y la capa de ricos bordados de Borís arranca al público un leve «Oh» de placer. Es un baile alegre y colorido. Anita se ve arrastrada por un deseo enorme y fantástico de bailar bien para toda esa expectación negra, vasta y silenciosa que tiene delante. Un nuevo yo se apodera de ella, un yo con el doble de energía y el doble de entusiasmo. Se libera una mujer nueva, atrevida y segura. Borís responde y baila con el mismo vigor y esplendor. El aplauso casi la sobresalta. El baile debería continuar, pero el público quiere ver de nuevo el número. De la oscuridad emerge una oleada de entusiasmo, y Anita se siente con los pies seguros, ligera, expresiva. Al final tiene que repetir su solo. Cae el telón. Tiene mucho calor y le falta el aliento. Se ve obligada a salir y saludar varias veces. Cuando el telón cae por última vez, se encuentra rodeada de desconocidos que le cierran el paso a su camerino y la alaban y le estrechan la mano. Alguien le da un chal y ella se lo ciñe bien al cuerpo. Borís, que está a su lado recibiendo las felicitaciones que le tocan, le susurra:

—Intenta decir algo, una palabra siquiera.

Anita sigue un poco cegada por los focos.

—Gracias, gracias —dice, y procura meterse en el camerino.

—Vístete para la cena: ¡hay que celebrarlo! —le grita Borís.

Ocuparon una mesa enorme en el Lion Amoureux. Acudieron la dirección, los actores, unos cuantos críticos y un hombre que hablaba de presentar el espectáculo de baile en un teatro más grande. Anita se sentó entre Borís y Lasa y encontró en su plato un álbum para que lo llenara de recortes de periódicos. Todavía estaba acalorada y un poco aturdida. Los camareros le sirvieron en abundancia, sonriendo con complicidad. Anita iba envuelta en un chal español blanco. El jazz estaba tan alto que había poca charla, pero muchos guiños y risas. La sacaron a bailar hombres que parecían saber poco de bailes españoles, pero mucho sobre los ojos, los tobillos y la cintura que Anita había exhibido. La invitaron a tomar té, a cenar tras las actuaciones, a bailar en un cabaret después de la función. Estaba tan cansada que dijo que sí a todo, con la esperanza de deshacer los compromisos más tarde.

Después de aquella, la mayoría de las noches empezaron a asemejarse. Siempre se sucedían la tensión, el clímax y una especie de colapso; cenas aburridas al acabar el espectáculo, críticas y alabanzas en los periódicos, propuestas de compromisos de poca monta, fotógrafos, reproducciones de fotografías suyas en las que nunca parecía ella y cartas fervientes de empleados y chicos de los recados.

Se acostumbró al revuelo y al barullo igual que a la calma. Se vestía con más tranquilidad, respondía con mayor laconismo, se asombraba menos e incluso tuvo algunas ideas que proponer a Lasa y a Borís, los veteranos, que la presentaban como una bailarina hecha al momento, casi en cuarenta y ocho horas.

El grupo de bailarines cambió de teatro varias veces. Durante cuatro meses actuó con éxito. Llegó la primavera y, con ella, los extranjeros a París, pero, aunque el público no fuera siempre el mismo, siempre reaccionaba bien a la vívida historia, al final dramático y al baile colorido.

Anita empezaba a pensar que se encontraba en el camino hacia una carrera artística interesante.

Una noche, cuando terminó la función y Anita había rehusado ir a cenar porque estaba cansada, una mujer pidió que la dejasen pasar al camerino (entonces disponía de un camerino más grande y lleno de espejos).

—No me reconoces, claro. Me lo imaginaba. Solo tenías cuatro años cuando dejé a tu padre.

Ante Anita había una mujer unos veinte años mayor que ella y que se le parecía muchísimo. Aquella mujer había hecho infeliz a su padre: era cuanto sabía. Nunca había pensado en ella, nunca había preguntado por ella, nunca había querido conocerla. Todo lo que sabía era que se había convertido en actriz y que se hacía llamar por otro nombre.

—¿Tu padre nunca te habló de mí?

—No —respondió Anita.

—Es normal que no sientas nada en particular por mí; eras muy pequeñita. En aquel entonces, desde luego no imaginaba que te decantarías por esta profesión.

—¿Por qué te interesa mi carrera?

—Es un lazo entre las dos, ¿no? Cuando hace siete años me enteré de que tu padre había muerto, no me decidí a presentarme ante ti. Pensaba que serías una chica melindrosa, como él, severa incluso, a la que solo interesaban los libros. ¡Entonces descubrí que eras bailarina! Qué alegría fue aquello. Creía que eras su hija, ¡y ahora me doy cuenta de que eres la mía!

—Pero ya estoy acostumbrada a estar sola, a no ser la hija de nadie —dijo Anita—. No sé en qué cambia la situación.

—¿No te alegras de verme?

—No te conozco, ¿no? ¿Qué quieres que te diga?

La mujer rio.

—Ay, pero ¡qué moderna eres! Creo que me gusta. Me parece que nos entenderíamos de maravilla. Hemos llevado la misma vida, compartimos los mismos intereses. ¿Sabes cuál es mi nombre artístico? Vivien Foraine. ¿Te suena?

—Sí —reconoció Anita con satisfacción—. He oído que eres una buena actriz de boca de gente cuya opinión merece tenerse en cuenta.

—Y yo pienso que tú eres una bailarina excelente. Y muy original.

—¿Me has visto bailar?

—Varias veces. ¡Quería saber si me gustarías antes de presentarme!

—Gracias.

—Siento que no puedas decir lo mismo.

—Dame tiempo —repuso Anita con dulzura.

—¿Puedo darte un beso?

La mujer le resultaba una completa desconocida. Quizá el hecho de que hiciera infeliz a su padre había acabado propiciando aquel distanciamiento hacia todo amor instintivo. Pero a Anita le gustaba su presencia, su voz, sus modales, su esplendor. Advertía en el espejo cuánto se parecían; ni los veinte años de diferencia se notaban demasiado. Vivien era delgada, iba muy bien vestida y maquillada, al estilo de la gente dedicada al espectáculo, pero con más elegancia y esmero. Y por primera vez, Anita empezó a sentir el placer de tener cerca a alguien de la familia. Llevaba siete años viviendo en relativa soledad, tiempo en el cual había aprendido a bailar.

—¿No has cenado? ¿Quieres venir conmigo? ¿A casa?

A casa. Aquella invitación le suscitó curiosidad. La mujer parecía una amiga nueva, una amiga de trato fácil, que no juzgaba; una amiga hecha por casualidad en aquel tipo de vida. Hoy está aquí, mañana ya no; quizá esté de gira. Para ella, su madre era eso: una amiga que tal vez mañana desapareciera.

No se dio cuenta de que, al aceptar ir a cenar con ella esa noche, había aceptado una casa a partir de entonces.

Después de cenar, su madre siguió hablando sin cesar, con soltura, mientras le ofrecía la habitación de invitados, un camisón de encaje y unas zapatillas verde jade.

—Pareces sorprendida. ¿Por qué? Nuestra vida es así. Considéralo parte del mundo del espectáculo: un contrato repentino. Aparecen como caídos del cielo, ¿verdad? Un contrato para vivir con tu madre. (Mira mi habitación. ¿Te gusta el tafetán irisado?) No puedes imaginarte cuánto he temido que te parecieras a tu padre y que fueras difícil e intolerante. Me ha dado mucha alegría verte bailar ahí, con tanto entusiasmo, con tanto calor y vigor, y darme cuenta de que podrías entender mi vida y mi carácter mejor de lo que él los entendió jamás. Tienes que conocer a Norman. Norman es el único hombre al que siempre regreso, haga lo que haga. Es un amor. (Esto es el baño. ¿Qué sales de baño te gustan?). Y tú, mi pequeña y querida Anita, ¿no tienes ningún Norman esperándote en alguna parte, preguntándose dónde estarás esta noche?

—Todavía no —dijo Anita, empezando a sentir extrañeza y la pérdida de su independencia.

Sin embargo, todo parecía tan inofensivo, tan atractivo y agradable a la vista..., y su madre hacía comentarios agudos y desenfadados con voz suave y maravillosa, una voz muy afectuosa, con notas graves, profundas y ricas en matices, como si fuera capaz de ser muy cálida y cariñosa y tranquilizadora. No obstante, en aquel momento daba la impresión de tener la cabeza en los perfumes, en las zapatillas de estar por casa, en la hora en la que querría desayunar Anita. «Como si hubiera venido a pasar el fin de semana», se dijo Anita. Pero estaba tan cansada que no lo pensó mucho. Y al día siguiente ya parecía una vieja costumbre. Solo debía avisar que se marchaba del hotel y mudarse allí. Las dos tenían ensayo más o menos a la misma hora. Solo se veían durante las comidas y después de las dos funciones.

A Vivien se le despertó un gran interés por el vestuario de Anita. Para Vivien, vestirse era casi un acto religioso, un ritual. Los días lluviosos, cuando todo el mundo llevaba ropa apagada y apolillada, ella salía con un impermeable brillante y colorido. Se vestía más retando a los elementos que sometiéndose a ellos. Anita se dio cuenta de que su vestuario era casi una provocación para los habitantes más apacibles. Vivien estaba destinada a que le pasaran cosas, cosas distintas de las que le sucedían a la mayoría de las mujeres, y siempre iba vestida para ello, para lo inesperado, para la aventura. Su ropa provocaba en los demás una inquietud similar a lo que sentían cuando ojeaban literatura de viajes o folletos, una especie de deseo de viajar, un deseo de huir de lo familiar y convencional. Algo tenían las tablas que subyugaba a la imaginación; fuera lo que fuera, Vivien lo aplicaba a su vida diaria. Entre su decorado y su ropa y la casa y la ropa de otras mujeres se abría un abismo tan ancho como el foso del teatro para la orquesta, y los focos que se dirigía a sí misma la encontraban exultante y osada, igual que encontraban a la actriz profesional.

Anita pensó que había encontrado a una amiga muy interesante.

Vivien le había dicho a Anita que no conocería a Norman hasta al cabo de una semana más o menos porque estaba de viaje.

Sin embargo, una tarde, cuando salía de casa para ir al ensayo y Vivien ya se había marchado, Anita se topó con Norman en la puerta con la maleta.

—Vivien me ha hablado de ti en las cartas —dijo—. ¡Así que tú eres Anita!

—Encantada de conocerte.

—Encantado de conocerte también, y de manera informal —respondió Norman—. Tu madre habría dicho «Norman Allard» en lugar de «mi amante». Es tan refinada...

—Y habría dicho: «Esta es mi hijita», cosa que no soporto. —Y añadió—: Vivien no sabía que llegabas ahora.

—Quería darle una sorpresa.

—Ha ido a ondularse el pelo.

—Oh, no —la contradijo Norman—. Ha ido a bailar al Jardin Bleu. Ya la conozco. —Pronunció las palabras con amargura—. ¿Te dice cosas así? ¿Como que ha ido a ondularse el pelo? Claro que sí, por qué no iba a decírtelas. No está segura de que seas del todo como ella, eso me escribió. Ya entiendo a qué se refiere.

—¿No crees que nos parecemos?

—En la cara, sí. La expresión es asombrosamente distinta.

—No veo la diferencia —dijo Anita.

—Pronto la verás. —Norman hizo un gesto de cansancio. Mientras hablaban, había entrado en la casa—. ¿Tienes prisa? —preguntó.

Parecía muy fatigado, muy preocupado y tenso. A Anita le dio pena.

—No, dispongo de unos veinte minutos aún.

—Entonces siéntate y cuéntame. ¿Te ha dicho tu madre por qué me fui?

—No.

—Porque me hace desgraciado, me atormenta. ¡Qué raro se me hace hablarte de ella cuando casi no nos conocemos!

—Mejor así. Quizá pueda ayudarte.

—Es probable que te convierta a sus ideas. Ella es así: persuasiva. ¿Te has fijado en la voz tan bonita que tiene?

—Sí, pero no la tiene bonita todo el rato.

—Oh, lo has notado, ¿verdad? ¡Y aun así la quieres!

—No sé todavía si la quiero —repuso Anita.

—Eres distinta —murmuró. Parecía casi divertido—. ¿Siempre dices lo que piensas, así por las buenas?

—No es gracioso. Es una mala costumbre.

De repente se puso muy serio.

—No. Es una costumbre maravillosa. Si tu madre hiciera lo mismo, yo no estaría pensando en marcharme para siempre. Pero no lo hace. Es como lo de ondularse el pelo. Fíjate: se le olvidará, y si tiene que verse con un hombre u otro en algún salón de té, mañana te dirá lo mismo. ¡Es incapaz de decir la verdad! Lo distorsiona todo de una forma tan sutil que al principio me era imposible verlo. Su cara... No te puedes imaginar la impresión que me causó cuando la vi por primera vez. ¿Te ha dicho que soy pintor? Bueno, cuando la conocí hacía un año que era incapaz de pintar. Después, el mero recuerdo de sus ojos, de su forma, ese temblor en las aletas de la nariz, el elegante dibujo de la boca, me impactaron como si hubiera realizado el descubrimiento fabuloso de lo que la mente puede hacerle a la carne. Era de una hermosura casi transparente. Pensé que solo por el hecho de acercarme a ella vería la belleza que daba forma a la capa exterior. Es tan extraordinario tener el poder de transmitir tal descarga de belleza a los demás, de empujarlos a la acción... Por cuenta de ella pinté cosas increíbles; total, para descubrir... —Se interrumpió bruscamente. Vio en los ojos de Anita una sed tan imperiosa por conocer la verdad que continuó—: Para descubrir que sus ojos ocultan un engaño continuo. —Se levantó, nervioso—. No creo que te entusiasme mucho la tarea de consolarme. Ha sido maravilloso que me escucharas. Pero creo que me marcharé otra vez.

—No, no te vayas —pidió Anita—. Hablaré con mi madre.

Al volver del ensayo, Anita encontró a Vivien descansando antes de vestirse para la función de la noche. Estaba tumbada, bañada por la luz glamurosa de una lamparita de coral. Anita se sentó en un taburete bajo y la contempló. Tenía la cara reluciente de vida y sonreía al recordar algún placer.

Entonces Anita recordó su tarea.

—He conocido a Norman —dijo.

—¡Oh, ya está aquí! ¿Está en su habitación? —Se incorporó como para ir a verlo.

—Espera —le pidió Anita—. Déjame decirte lo que pienso de él. ¿No te interesa?

—Dilo, pero rápido.

—Si me amara a mí, creo que no me costaría amarlo solo a él.

—Oh, eso piensas —dijo Vivien con una carcajada—. Pero yo no puedo evitarlo. De todas formas, siempre vuelvo con él.

—¿No crees que sufre?

—Oh, no. Voy con cuidado.

—¿Por qué claudicas siempre?

—Me despreciaría a mí misma si me gobernara algún patrón o alguna idea. La incapacidad de imponerse a esos impulsos es sencillamente un signo de que soy una mujer de carne y hueso.

—¡Nunca hablas de resistirte!

—La resistencia es algo yermo, cariño. No crece nada en ella salvo la amargura. Implica dureza; consume física y mentalmente a las mujeres.

—Pero yo diría que su amor debería bastar.

—La pasión es exigente, mi pequeña Anita. Nunca brota de una idea, por ejemplo, de la idea de la fidelidad. Solo pide estímulos capaces de despertarla. He vivido por ella. Nunca he perdido el norte ni me he aburrido. He amado vivir con efervescencia. Y los hombres que tienen un don para la efervescencia no saben cómo lograr que dure. Su entusiasmo destella y muere, ¡y qué muertos están los momentos entre medio! Son sosos, son soporíferos. Te ves obligada a cambiar.

—Y entre medio, como dices tú —repitió Anita con amargura—, ¿no podrías encontrar efervescencia en tu profesión?

—Ah, eso no me importa en absoluto —repuso Vivien.

Anita sintió que por el momento no había nada más que pudiera decir. Su madre se levantó y empezó a vestirse. Encendió las luces del baño lavanda y plateado. Se examinó la cara en el espejo.

—Esta noche tengo aspecto de cansada.

Anita miró a Vivien en el reflejo y se sorprendió al sentir que no le parecía tan hermosa como el primer día. Su sonrisa incisiva se le antojó fría y extraña, y los ojos rasgados, calculadores.

—Yo también tengo que prepararme —dijo Anita, y se marchó sin darle el beso habitual de despedida.

Anita le confesó a Norman su decepción. Él le dijo que no esperaba nada de la charla, pero que aguardaría. Tal vez la mera presencia de Anita en la casa pudiera cambiar de forma inconsciente la actitud de su madre.

—Mientras tanto —añadió—, hay una cosa que me hace bien: el trabajo. Me encantaría que la semana que viene posaras para mí con uno de tus vestidos. El que más me gusta es el de color violeta con cola, y ese gesto típicamente gitano que haces casi al final del baile, así. ¿Crees que podrías aguantar un rato en esa postura? Trabajo deprisa. No te cansaré. Tengo una idea de la que creo que saldría algo espléndido, con una candileja que te arrojara sombras en la cara. ¿Querrás? Ven a mi estudio. ¿Te va bien por la mañana? ¿Una hora antes de comer, por ejemplo?

Había tanto apremio en su voz que Anita aceptó y pospuso muchas otras cosas que debía hacer. Cuando llegó la primera mañana con su vestido, Norman ya tenía preparado el lienzo y estaba limpiando la paleta. Parecía más joven y liberado de sus preocupaciones. Se entusiasmó con la pose, le colocó la cola de volantes en círculo alrededor de los pies, se interesó por las curiosas pulseras, por los tacones de color morado, por la manera intrincada de llevar prendidas las flores, por la peineta morada y alta. Cambió el decorado y montó uno más adecuado mientras estudiaba los efectos que le creaban las luces en la cara. En la tarima, Anita ejecutó dos o tres pasos de baile para conseguir la pose, y cuando llegó a la postura exacta, Norman la avisó, y ella se quedó quieta. Se puso a esbozar con trazos rápidos y enérgicos, hablando para tenerla entretenida. Ella lo observaba trabajar.

La hora se les hizo muy corta a los dos. Cuando Anita bajó de la tarima, se dieron cuenta de que no habían aludido a Vivien en la conversación.

Anita posó toda aquella semana y también habló íntimamente con su madre. Cuanto más hablaban, más percibían las diferencias entre sus ideas y sus sentimientos.

—Querida Anita —dijo al fin su madre—, vamos a dejar de hablar de Norman. Nada va a cambiar. Seamos amigas, ¿de acuerdo? Algún día, cuando te sientas atraída con pasión por alguien, me entenderás mejor; algún día, cuando empieces a vivir de verdad.

A la mañana siguiente, Anita llegó al estudio de Norman con la cara descompuesta. Él lo notó enseguida. Anita no se apresuró hasta la habitación donde se cambiaba de ropa, sino que se quedó mirando el retrato a medio pintar.

—No hay nada que hacer, Norman. Mi madre nunca cambiará. He hablado horas con ella. Cree que no estoy preparada para darle consejos. Y en parte tiene razón. Lo siento.

No se atrevía a mirarlo a la cara. Le parecía que estaba tomándose demasiado en serio la infelicidad de Norman y empezaba a preguntarse por qué no conseguía pensar en nada más.

—No te preocupes, no te preocupes —le dijo, mirándola fijamente—. En realidad, ya no importa.

—Entonces, no vas a dejarla.

—Te digo que ya no importa, Anita, porque ya no la quiero. Te quiero a ti.

Anita se apartó de sus brazos abiertos.

—¡Me quieres porque me parezco a ella!

—¡No, no! —exclamó Norman—. Te quiero a ti, por ti misma; a ti, que eres una mujer totalmente distinta.

Anita vio en sus ojos que decía la verdad.

Una curiosidad irrefrenable, un deseo secreto de compararse empujó a Anita a hablar del asunto con su madre, aunque sin mencionar el nombre de Norman. Necesitaba saber qué sentía su madre, saber de inmediato y en qué modo eran semejantes o distintas.

Se lo explicó con timidez, escondiendo la cabeza contra el hombro de su madre de modo que no le viera la cara. Le habló con vehemencia de la pasión, del impulso, de un deseo que sacudía el mundo. Vivien la acarició como si por fin hubiera recuperado a su hija verdadera, como si por fin existiera un vínculo entre ambas. Aprobó todos sus sentimientos y su rendición.

—Pero nuestro amor, nuestro matrimonio hará daño a otra mujer. ¿Qué harías en ese caso?

—No pienses en la otra mujer. Nada debe interponerse en el camino del amor, mi vida. ¡Has sido tan tonta, tan inflexible, tan severa! Estoy muy contenta de verte ablandada, conquistada ¡y vencida! Confiesa que eres feliz, increíble y doblemente feliz. Olvídate de la otra mujer, tontita. Ve y disfruta de tu felicidad. —Y mientras Anita levantaba la cara, Vivien añadió—: ¡Ese solo beso ha bastado para hacerte más linda! Prométeme que no lo estropearás todo con tus escrúpulos.

Anita volvió a esconder la cara.

Pasó la noche dándole vueltas a cuánto amaba a Norman y por qué, y con meticulosa claridad añadió todo lo que él poseía y ella amaba de él: la sonrisa, teñida de compasión; la cara, hermosa e inteligente; la voz, que la rodeaba con una resonancia profunda y perduraba largo rato después de que hablara; su presencia grande, generosa y poderosa; su franqueza; su talento. Sentir por él, por su vida, el deseo de hacerlo completamente feliz, como sabía que era capaz, pareció barrerlo todo a su paso. Y sin embargo, existía otro sentimiento más fuerte que el amor y la necesidad que tenía de él.

Todo lo que Vivien había dicho contaba poco porque no entendía el amor tal como ella lo entendía. Pero Anita deseaba tener el valor para hacer lo que su madre nunca había hecho: resistirse. Resistirse en aras de negarse a sí misma una felicidad que dañaría a otra persona, resistirse en aras de probarse a sí misma, de medir el abismo que separaba su carácter del de Vivien. La vida, las acciones y el egoísmo de su madre la asqueaban. Pero ¿cómo iba a sacrificar a Norman por someterse a semejante prueba, por su obsesión por un ideal? ¡Cuánto había amado los ideales! Mientras Vivien había buscado pruebas de su poder físico, Anita había perseguido muchas veces el sentimiento exultante de dominarse a sí misma, de plegarse ante un ideal difícil como los que despreciaba su madre.

No le ocultó sus pensamientos a Norman, si bien a este no le sorprendieron.

—Te quiero por eso —le dijo.

—Si sigo sus consejos —prosiguió Anita—, nuestro amor y nuestro matrimonio deberían pasar por delante de todo lo demás; la satisfacción de ellos, por delante de los escrúpulos. Vivien dijo que nada debía interponerse en el camino de tus deseos.

—¿Te dijo eso? Entonces, ¿puedes hacerlo?

—Precisamente porque me dijo eso no puedo hacerlo. Lo que haría ella, Norman, es justo lo que no quiero hacer.

—Pero, Anita, nuestro amor...

—No quiero que nuestro amor se parezca al suyo, ni nuestra vida a la suya. Dijo que estaba contenta de que al fin se hubiera quebrado mi resistencia porque así entendería y aprobaría su forma de vivir.

—Lo que ella diga no tiene ninguna importancia. Sabemos que nuestro amor es algo distinto, algo que ella no puede entender.

—Me gustaría hacer lo único que ella jamás ha hecho: resistirme.

—¡Pero no irás a sacrificarme por semejante prueba!

Norman la abrazaba y sentía el amor y la lucha de ella, y su indecisión.

—Te quiero por ese valor, Anita, pero no eches por la borda nuestro amor. Me gusta que seas fuerte, pero ¡no inflexible!

Insistió, la besó y suplicó. Por la noche fue a verla después de la función y estuvo muy tierno, y Anita se sintió medio conquistada y medio vencida.

Pero al día siguiente se había marchado de casa. Norman sabía qué significaba su huida. Desesperado, acudió a Vivien, y ella advirtió la alteración de su rostro.

—¡Así que era a ti a quien amaba! —exclamó—. Y tú ¿cómo puedes querer a una mujer como ella? ¡Solo vive por sus estúpidas ideas!

—Tú no la entiendes —repuso Norman, afligido.

—Oh, claro que sí. No ha sido humana, eso es todo. Ni siquiera yo habría podido ser tan dura y cruel. Nos ha hecho daño a ti y a mí. Yo nunca he hecho nada parecido. Te habría hecho mucho más infeliz de lo que yo te he hecho jamás. Al fin y al cabo, soy blanda, ¿verdad?

Norman estaba tan acostumbrado a su teatro que ni siquiera la miró a la cara. Se sentó a su lado, apesadumbrado.

—Las dos habéis dicho que me queréis.

—Sí, ¡pero de qué formas tan distintas! Yo, porque soy demasiado humana; Anita, porque no lo es. Creo que deberías quererme un poquito más, Norman. —Le acarició la cara—. ¡Cuánto te ha hecho sufrir! Quédate conmigo. Te haré olvidarlo. —Lo envolvió con nuevas atenciones—. Sería lo más sensato. No la busques.

Sin embargo, él se levantó de golpe y la miró a los ojos.

—Adiós. No has cambiado nada. Las dos me habéis hecho daño, pero prefiero la infelicidad causada por la manera de ser de Anita que por la tuya. —Cogió el sombrero y el abrigo, y añadió—: No pararé hasta que la encuentre.

Índice

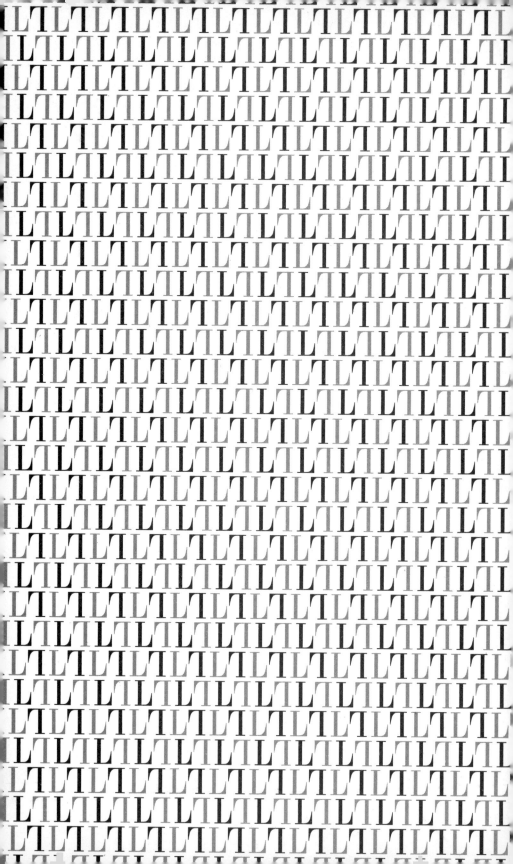